U0458467

时光诗丛

每当少年因相思嗟叹

——A.E. 豪斯曼抒情诗选

〔英〕A.E. 豪斯曼　著

刘新民　杨晓波　译

上海三联书店

以时光之名

王柏华

一个贪心的书迷，将古往今来的好书都纳入自己的书房，才觉舒坦；一个痴心的书虫，得知有哪一部传世经典，自己竟不曾听闻或不曾翻阅，顿觉惴惴不安；一套诗歌丛书，以"时光"命名，毋宁说传达了爱诗之人那种双倍的痴情和贪恋——

人生天地间，俯仰悲欢，聚散有时，皆为诗情。

时光分分秒秒流过，岂能没有诗歌？

两千五百年前，孔子望流水，思及昼夜，感悟时光来去："逝者如斯夫。"

一千六百多年前，王羲之为"兰亭诗会"作

证，留下千古第一行书："当其欣于所遇，暂得于己，快然自足，不知老之将至。"

九百多年前，苏东坡泛舟于赤壁，"举酒属客，诵明月之诗，歌窈窕之章……飘飘乎如遗世独立。"

四百多年前，莎士比亚以诗行宣告爱人不朽："只要一天有人类，或人有眼睛，/ 这诗将长存，并且赐给你生命。"

两百年前，雪莱"为诗一辩"：世界有大美，由诗歌掀开面纱，化熟悉为陌生，化腐朽为神奇。时光绵延，"至福至妙心灵中那些至妙至福之瞬间"靠诗歌来标记。

八十年前，冯至在诗篇里时刻准备着："深深地领受 / 那些意想不到的奇迹……我们整个的生命在承受，/ 狂风乍起，彗星的出现。"

……

诗人寄身于翰墨，见证时光留痕，亦对抗时光流逝。尘世短暂，浮生若梦，所幸，我们有诗歌，让一己之生命，向无限伸展；所幸，我们有诗人，为人类之全体，兴发感动，世代传承。

时光如流水，你不能两次阅读同一首好诗。因为一首好诗注定会让你有所发现，会以这样或那样的方式，让你不再是读诗之前的你；而一首好诗也会因你的阅读而有所不同，因你的阅读而成长，生生不息。

所有的诗歌丛书，都希望汇聚古往今来的"好诗"，而面向大众读者的诗丛，更希望在各类好诗中精选出雅俗共赏的经典，然而，"好诗"之"好"的标准，不仅随时代、地域、文化传统的不同而游移不定，且取决于读者的个人喜好，与教育程度和阅读经验相关，更与生命体悟相合相契。

"时光诗丛"汇聚时光好诗：这里有你耳熟却未曾一见的经典，如艾米丽·勃朗特（Emily Brontë）和 H.D.（Hilda Doolittle）；这里有重读重译而重获新生的名作，如豪斯曼（A.E.

Housman）；这里也有一向被主流文学史忽略却始终为大众所喜爱的抒情佳作，如蒂斯戴尔（Sara Teasdale）和米蕾（Edna St.Vincent Millay）。当然也有我们这个时代孕育出的新人新作，它们将在你我的阅读中成为新经典，如马其顿当代诗选。

"时光诗丛"不限时代地域，皆以耐读为入选依据；有时双语对照，有时配以图片或赏析，形式不拘一格，不负读者期许。

当你在生命的时光里寻寻觅觅，无论你希望与哪一种好诗相遇，"时光诗丛"都在这里等你。时不我待，让我们以诗心吐纳时光，以时光萃炼诗情。

岁月静好，抑或世事纷扰，总有佳篇为伴。"时光"自在，等你进来……

目
录

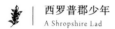 西罗普郡少年
A Shropshire Lad

集外诗
More Poems

诗补编

Additional Poems

附录

读解豪斯曼

孤独的歌者，忧伤的赤子

1859 年春，豪斯曼（Alfred Edward Housman，1859—1936）出生于英国伍斯特郡（Worcestershire）的一个普通家庭，父亲是律师，母亲与外祖父皆笃爱诗歌。他少即聪颖，常与其六个弟弟妹妹写诗相戏，他是家中老大，当然也是每次游戏的胜出者。豪斯曼家境平平，12 岁丧母，这使他心头过早播下了忧郁的种子。1877 年，他获得了牛津圣约翰学院的奖学金，入该院古典文学系学习。负笈牛津期间，他醉心古典文学校勘学，对一些学位课则兴趣索然，结果毕业考试未能通过。雪上加霜的是，此时传来其祖母逝世的噩耗，其父又未能分得遗产，而一位亲戚也因豪斯曼毕业考试失败而停止了对他的资助，这一切令他贫愁交加。豪斯曼于翌年返校补考，最终勉强毕业，同年考入伦敦注册局当公务员，勉强糊口。工作之余，他仍埋头研究，重要成果相继问世。

1892 年，因学识卓越，豪斯曼被聘为伦敦大学拉丁文教授。1911 年转任剑桥大学拉丁文教授，此后便一直在剑桥任教，直至 1936 年辞世。

豪斯曼的一生，波澜不惊，他生时寡交游，死时寂寞，一辈子过着离群索居的学者生活。他是当时首屈一指的古典文学专家，又号称英国 20 世纪与哈代（Thomas Hardy）、叶芝（W.B.Yeats）齐名的三大诗人。其实，豪斯曼之名远没有后二者响亮，他的诗作比他们少得多，影响更是不及他们。豪斯曼在世时只出版过两部诗集，一部为《西罗普郡少年》（*A Shropshire Lad*），该书初名《泰伦司·赫赛诗集》（*The Poems of Terence Hearsay*），投稿遭拒，后改名为《西罗普郡少年》，方得于 1896 年自费出版。诗集初版时反响平平，但很快因诗中洋溢的哀伤与乡愁，引起了当时读者极大的共鸣，并久销不衰。提起《西罗普郡少年》总能令人想到与它同时期的另一部诗集——英国诗人菲茨杰拉德（Edward Fitzgerald）译自波斯诗人奥玛·珈音（Omar Khayyam）的《鲁拜集》（*The Rubaiyat*），这两部薄薄的小诗时代相同，命运相似，出版时皆少人问津，嗣后却产生了巨大影响，这两部诗集的特点是雅俗共赏，因此诗人、学者、普通民众皆竞相购阅。

26 年后，即 1922 年，豪斯曼又从手稿中整理出 41 首诗，以《诗末编》（*Last Poems*）为名出版，一出版便获得了巨大成功，短短两个月即售出 17000 余册。此后，豪斯曼再也没有出版过诗集。在他逝世后，其弟劳伦斯整理、编辑了他的遗稿，于 1936 年与 1937 年分别出版了豪斯曼的另两部诗集：《集外诗》（ More Poems ）与《诗补编》（ Additional Poems ）。

在豪斯曼生前身后出版的诗集中，影响最大、最受欢迎的无疑是第一部诗集《西罗普郡少年》。诗人自道，以西罗普郡为名，实出偶然，皆因少年时登高遐望，在西天尽头遮断视线的，正是西罗普郡一带的莽莽山岭。此情此景，不知引发了少年诗人多少的遐想——天色渐暝，夕阳西坠，登高远望，从黄昏望到黑夜，望见克里山烽火燃起，望见情人们背信弃义，望见游子疲惫地赶着征程，望见少年被挂上绞架，英雄的棺木被抬回家；接着，夜消日出，却望见墓碑上战士的名字历历在目——这是《西罗普郡少年》的情感基调，也是豪斯曼全部诗歌和他整个人生的基调。而承载这种落寞、哀伤基调的，是诗人典雅又朴素的诗行。其诗才伟大之处，正是能将庄严的古典精神与通俗的民谣之风完美地熔于一炉。豪斯曼自道其师承为海涅、莎士比亚，以及苏格兰边地民歌，而依我们看来，其诗艺更得益于其古典文学的研究。豪斯曼诗歌的主题在英国本土可远溯至 18 世纪的"墓园派"，托马斯·格雷（ Thomas Gray ）的名句"光荣的道路无非引导到坟墓"，一个半世纪后，在豪斯曼的吟唱中又闻嗣响。

豪斯曼的诗歌始终沉浸在一种悲观的宿命论气氛中,他所有诗歌吟唱的,大多是青春易逝、理想幻灭、世道不公及爱情不忠。简单地说,豪斯曼诗歌的主角与主题只有一个,即时间。时间推移,转瞬步向衰亡,尘世的一切皆不能永葆。读豪斯曼之诗,读者常常会同他一起陷入一种难以名状的悲苦,但这种悲苦绝非颓废与消沉。相反,读者能渐渐体会到诗人身上具有一种斯多葛主义的坚忍,要我们对生命有所担当。豪斯曼在《诗末编·栗树洒下火炬似的繁英(IX)》中写道:

上天诚不公;且给我酒杯。
　老弟,娘胎所生并非皆帝王;
我辈所得,只属凡人分内:
　我们别妄想摘到天上的月亮。

若此地,今日阴雨雷电催逼,
　那么明日定会飘向别处;
肉体将为他人的尸骨叹息,
　灵魂将在他人的胸中诉苦。

我们骄愤的形骸多烦忧,

亘古俱来，永不消退。

我们倘能忍，就必须忍受。

用肩扛起天，老弟，只管举杯！

　　在这首诗里我们可以看出，豪斯曼的宿命论虽与其斯多葛精神交杂不可分，但他的人生观还是清晰的，他将生死一分为二——将生留给生者，将死留给死者。诗人并非劝我们一味举杯消愁，放浪形骸，上天的不公与生活的不幸并不是我们借以堕落的理由，虽然人类的宿命是一致的——都将"历经辛苦遭逢向坟墓走去"，然而既然活着，就不得不接受命运的不公，因此"倘能忍，就必须忍受"，必须"用肩扛起天"。豪斯曼的诗中从未有过嘲笑死神的玄学派狂语，更多的则是对死的敬重。试想，一个如此敬重死的人，怎能不同样敬重生？豪斯曼虽每每将其诗歌引向死亡，但他并非如某些现代派诗人那样是死亡的赞颂者，相反，他是生的讴歌者。于是我们也读到了这样轻快的诗句：

多么明澈，多么欢乐，

多美呀，去注视着

　　晨光在嬉戏；

老天爷乐得笑出声来，

像放归的鸟儿自由自在，

一冲天，便飞越了东海，

  欢乐的日子在高飞。

今天，我要变得坚强，

不再向罪恶退让，

  不再将时光浪掷；

我曾将多少青春空挨，

如今没法将它们找回来；

我曾起过一个空誓，现在

  该是时候实施。

     ——《集外诗·多么明澈，多么欢乐（XVI）》

  诗中晨光萌动，一派青春的激情，诗人告诉我们韶华难在，要我们履行人生的义务，因此，豪斯曼身上的那种斯多葛精神与后现代的那种及时享乐、玩世不恭的痞子气是格格不入的。他悲伤，但不颓废；他绝望，也常给人以希望；他吟咏死亡，实是对人生光景的留恋。豪斯曼的诗中不但有一种坚忍的斯多葛精神，平静中还透露出一种异教徒式的反抗力量，这与他早年的经历有关。他幼年丧母，在母亲弥留之际，他曾苦苦祷告，终无回天之力，于是他摒弃宗教，成了一名无神论者。再者，熟悉豪斯曼生平的读者都知道，诗人年轻时曾恋上其男伴摩西·杰克逊（Moses Jackson），但因性取向不同而遭拒，之后诗人便落落寡欢。1895 年，奥斯卡·王尔德（Oscar Wilde）因同性恋遭监禁，当时社会视此类行为为犯罪，于是豪斯曼只能隐忍心中抑郁与苦闷，靠诗歌来排遣哀伤。因此他的诗集中有多首作品影射同性之爱，特别是其遗作《集外诗》第三十、三十一首，及《诗补编》第七、十八首。

豪斯曼的诗中也不乏对异性之爱的描写，但皆哀痛爱情之不忠，情人之背信弃义。豪斯曼终其一生与爱情无缘，死时尚单身。1923 年，摩西·杰克逊去世，奇怪的是，豪斯曼的缪斯竟也弃他而去，此后他鲜有作品问世。而孤独的诗人，终于在孤独中悟得了诗歌的真谛。1933 年，豪斯曼发表了一篇著名的演说，题为《诗的名与实》。演说中，他将写诗喻为珠母育珠，母贝受伤分泌黏液以求自愈，久而成珠——这实在是诗人的自喻了。豪斯曼的诗是灰色的，似笼罩着一层乌云，偶尔划开一角，露出伤口，鲜血迸流，我们却看见了洁白的珍珠，那是他的赤子之心。非这般虔诚且单纯的诗人，写不出这样寂寞而美丽的诗。读豪斯曼的诗，我们常常感觉他似在绝望中寻找一种恍兮惚兮的美，他就是自己诗中那位名叫利安德的美少年（见《集外诗·幸福稍纵即逝，一去难再聚（XV）》），每夜朝着灯塔泅渡——为失去的青春，为永远得不到的爱情——一首诗便是一次泅渡，恋人死了，诗人便自溺于心中的那份美。

20世纪，英国诗坛卷入了光怪陆离的现代主义浪潮，新一代诗人，如庞德（Ezra Pound）、艾略特（T.S.Eliot）等粉墨登场。而豪斯曼的古典主义，在这时总显得不合时宜，他的民谣气息也让人觉得土里土气。豪斯曼终究是寂寞的，正如早慧的布莱克（William Blake），早殇的李贺，甚至豪斯曼也不比他们幸运，因为文学史留给了他更少的篇幅。

公允地说，豪斯曼在英国诗史上算不得一流的大诗人，美国诗人罗宾逊（E.A.Robinson）赞其无可超越，那是夸大之词。豪斯曼存世的诗作不多（不足200首），诗歌题材欠广阔，写作技巧前后几无变化，自然难以跻身一流诗人之列。但若像有些批评者那样责其颓废、浅薄、缺乏现实主义精神，则有失公允。关于颓废，上文已谈；至于浅薄，我们承认豪斯曼诗歌题材的狭隘，但不承认其肤浅。我们评价一位诗人，不但要看其作品题材的广度，更要看其挖掘的深度。豪斯曼的诗歌不仅仅只有绝望与死亡，他的诗中亦充满希望与反抗。其实，豪斯曼的诗中常扭结着两股力，相搏相拒——永恒与短暂，美好与丑恶，妥协与斗争。任何深刻的作品实际上都是一束矛盾，而任何矛盾的诗人都是单纯的，他们若赤子般对世界绝望又好奇着。说到豪斯曼诗的浅薄,有人或许还会抬出现实主义这条杠子。须知,什么是真正的现实主义?一定要卷入时代的浪潮,一定要"文章合为时而著,歌诗合为事而作"吗?这样的理解未免庸俗,好些作品也就此沦为了"头条新闻"或"政治宣传品"。难道对人类共同情感的描写就不现实了吗?如果是,则豪斯曼的诗歌不能算浅薄,也没有脱离现实。豪斯曼写诗,是立愿为人类代言的,且看《集外诗》序诗:

> 他们说我的诗是忧伤的:没错;
> 　　短促的韵律间盈满着
> 永恒的泪水,还有哀愁,
> 　　不是我的,是人类的。

> 我的诗写给尚未降临人世
> 　　并将饱经苦难的所有同胞,
> 叫他们在苦难中吟诵呵,
> 　　而我早已抛却了烦恼。

更难能可贵的是,诗人并未在其诗中一味自怨自艾,他看到的是比他更为不幸的劳苦大众，因此他说自己"早已抛却了烦恼"，并在另一些诗中吐露道：

放眼这世上，有多少

金色少年怆然逝去，

带着我难识其悲的创伤，

和我无从了解的羞辱。

无论是何种厄运

潜伏窥伺着我，

确有更杰出的人物

在世比我命薄。

——《诗末编·当我往腰间系上（II）》

有人遭罪无疑比我更多，

我只是孤身将夜晚守候，

重重地将拳头砸向石头。

——《集外诗·磨坊河终日喧喧（XIX）》

死亡与美丽，短暂与永恒，是豪斯曼诗歌的主题，也是人类诗歌永恒的主题；这诗思，抑或迢迢挹自莎翁商籁的清芬？可谁又会说莎翁浅薄？诗人、翻译家王佐良先生认为，豪斯曼的可贵正在于能从个人的不幸联系到亘古以来的宇宙的不公（见王佐良《英国诗选》）。这也便是我们译介豪斯曼诗歌的主要理由了。

据南治国先生《豪斯曼的诗及其在中国的译介》一文介绍，豪斯曼在 20 世纪初即倍受中国新诗人的推崇。闻一多开国内译豪诗之滥觞，其他翻译名家，如梁实秋、卞之琳、杨宪益、周煦良、飞白、黄杲炘等都曾译过，而真正系统译介豪斯曼的，是周煦良先生。他于 1937 年始译《西罗普郡少年》，因抗战爆发而辍，直至 1948 年才译毕，后因书业萧条而搁置，最终于 1982 年重新校改后出版。周煦良之外，其他译者只零星译过几首。豪斯曼的诗除了《西罗普郡少年》，其余译成中文的不到十首，因此中国读者尚不熟悉其不乏佳作的另三部诗集。此外，现有译作大多译于半个世纪前，时过境迁，语言已陈旧，不符合现代读者的审美。其中不少早期译作的目的是要建立译诗乃至新诗的格律，志向远大，但终究是试验品，尚不成熟。不论如何，前辈译家译介豪斯曼的开创之功与实验性努力是值得我们敬佩与学习的，参考与学习他们的译文让我们受益良多。

我们的翻译为符合现代读者的阅读趣味，及遵循现代汉语的节律与表达方式，未采用周煦良先生以字组模仿音步的方法，当时的目的是探索新诗的格律，结果并不成功，新诗最终还是跟格律脱离了干系，格律化的新诗读起来多少有点"打油"味儿。因此，我们采用的方式是：译文适当提示原文的长度，原文长则长，原文短则短；一首诗内每行字数大致相当，但略显参差，以留回旋余地；行内亦按文气来选择字组多寡，以使气韵流转；而韵式则基本沿袭原文，偶尔略做变通，不以韵害意。我们自愧缪斯未赐我们菲茨杰拉德的诗才，因此不敢造次删改原作，妄想以诗人之酒浇译者之愁。我们有些地方译得太谨慎，因此读者一读便知是译文，远未达到"化境"。然而译文毕竟是译文，我们不奢望读者读我们的译文产生原作者在用中文写作的幻觉（何况有原文在一旁摆着呢！）我们只但愿读者比对了原文后，能明白那些怎么也译不完美的诗句背后译者所费的周章，并报以了解之同情与同情之了解，这该是译者所求的最高回报了吧。弗罗斯特曾调侃说，诗是翻译中失去的东西，若果真如此，我们不敢自诩已捡回了十之八九。

本书是豪斯曼诗歌的精选本，感兴趣的读者可阅读我们 8 年前出版的《豪斯曼诗全集》（浙江工商大学出版社，2010 年版）。选入本书的译文已经过我们的修订，希望将来能把修订版的全集奉献给读者。当然，若我们的译本能如钱锺书先生所说，消灭自己，把读者引向原作，亲挹其芬芳，我们便倍感欣慰了。

最后谈一下本书选篇的标准。我们有两个标准：一是原诗的可读性强，二是译诗的可读性也一样强。为了大致反映豪斯曼的诗风，我们所选的大多是朗朗上口的具有民谣之风的诗作，同时也保留了几首篇幅略长，但风格清新的叙事之作，至于那些典故密集、含义晦涩的作品，就不得不将其割舍了。其实，可读性是很难把握的，个人有个人的标准，好在我们还有第二条标准，因此才得以大刀阔斧地删去好些"拒绝翻译"的作品，留下了最终的68首。

出版中英对照的译本，最令译者诚惶诚恐，读者中高手如云，蒙混过关之处随时会被检举揭发。当年周煦良先生在《谈谈翻译诗的几个问题》一文中不无幽默地说："如果有朋友看到我的译诗，碰到我怎样译也译不好的地方，说声'不通'，并且把我的稿子拿起来打一下，我一定会报以会心的微笑。"先生的真诚与谦虚诚令后辈译者感动，因此我们也要在这里真诚地向读者坦白，我们在选篇时将几首可能因翻译"惹祸"的佳作抛弃了。当然，摆在读者面前的也绝非完美无缺之作，因此，若有挑剔的读者，向我们发难质疑，说声"不通"，并善意地"把稿子拿起来打一下"，则会令我们感到荣幸之至。

杨晓波

2010年7月写于杭州

2018年5月于杭州修改

A Shropshire Lad

西罗普郡少年

Loveliest of trees, the cherry now （II）

Loveliest of trees, the cherry now
Is hung with bloom along the bough,
And stands about the woodland ride
Wearing white for Eastertide.

Now, of my threescore years and ten,
Twenty will not come again,
And take from seventy springs a score,
It only leaves me fifty more.

And since to look at things in bloom
Fifty springs are little room,
About the woodlands I will go
To see the cherry hung with snow.

最可爱的树呵，樱桃（II）

最可爱的树呵，樱桃，
此际繁花挂满了枝条，
立在这林中车道旁，
为复活节 [1] 披上银装。

在我的七十人生里面， [2]
二十光阴已一去不返，
七十年中去掉二十，
我只余下五十个春日。

既然尽赏那花满枝头，
五十个春天实在不够，
我要去林中流连不歇，
去看那樱桃满树披雪。

---

[1] 此处指复活节周，复活节周是从复活节（一般指每年过春分月圆
　　后的第一个星期日）起的一个星期。

[2]《旧约·诗篇》（90∶10）：我们一生的年日是70岁。

Wake: the silver dusk returning [*] (Ⅳ)

Wake: the silver dusk returning
  Up the beach of darkness brims,
And the ship of sunrise burning
  Strands upon the eastern rims.

Wake: the vaulted shadow shatters,
  Trampled to the floor it spanned,
And the tent of night in tatters
  Straws the sky-pavilioned land.

Up, lad, up, 'tis late for lying:
  Hear the drums of morning play;
Hark, the empty highways crying
  'Who'll beyond the hills away?'

Towns and countries woo together,
  Forelands beacon, belfries call;
Never lad that trod on leather

---

[*] 原诗标题为 "Reveille"。

醒醒：银灰的曦色归来了 *（Ⅳ）

醒醒：银灰的曦色归来了，
　　正漫上黑夜的海滩，
朝日之舟熊熊燃着，
　　搁浅在东方的天边。

醒醒：满穹隆的阴影已凌乱，
　　践踏在地一片狼藉，
夜的篷帐破成残片，
　　撒向天幕笼罩的大地。

起来，少年，时间已不早：
　　你听清晨的鼓点擂响；
听呀，空旷大道在呼叫：
　　"是谁将越过山梁？"

城镇和乡村齐召唤，
　　前方起烽火，塔楼钟声骤；
蹴踏镫带的少年从不，

---

* 原诗标题为"起床号"。

Lived to feast his heart with all.

Up, lad: thews that lie and cumber
　Sunlit pallets never thrive;
Morns abed and daylight slumber
　Were not meant for man alive.

Clay lies still, but blood's a rover;
　Breath's a ware that will not keep.
Up, lad: when the journey's over
　There'll be time enough to sleep.

生来只为随心所愿。

起来，少年，反侧辗转
　　铺满阳光的草垫，筋骨怎能茁壮；
早晨赖床，白天酣眠，
　　活着不该这般颓唐。

躯体静卧，而血液是游子；
　　呼吸是器皿，哪会永不损坏。
起来，少年，等旅程结束时，
　　你尽有时间睡个痛快。

Oh see how thick the goldcup flowers （Ⅴ）

Oh see how thick the goldcup flowers
   Are lying in field and lane,
With dandelions to tell the hours
   That never are told again.
Oh may I squire you round the meads
   And pick you posies gay?
—'Twill do no harm to take my arm.
   'You may, young man, you may.'

Ah, spring was sent for lass and lad,
   'Tis now the blood runs gold,
And man and maid had best be glad
   Before the world is old.
What flowers to-day may flower to-morrow,
   But never as good as new.
—Suppose I wound my arm right round—
   ''Tis true, young man, 'tis true.'

Some lads there are, 'tis shame to say,
   That only court to thieve,

哦，看那金盏花多茂盛（V）

哦，看那金盏花多茂盛，
　　绽放在田野和路边，
还有蒲公英报告时辰，
　　说那光阴将一去不返。
哦，我可否陪你去草场转转，
　　摘几朵娇艳的花给你？
——挽着我手臂走吧，没事。
　　"可以，年轻人，可以。"

啊，春天原属于少男少女，
　　黄金年华，热血奔涌，
年轻人得及时找乐趣，
　　莫等到这世界老态龙钟。
今日开的花明日会再开，
　　却总比不上新蕾鲜活。
——若我能这样搂着你多好——
　　"没错，年轻人，没错。"

有些少年说来真无赖，
　　求爱只为偷香窃玉，

And once they bear the bloom away
   'Tis little enough they leave.
Then keep your heart for men like me
   And safe from trustless chaps.
My love is true and all for you.
   'Perhaps, young man, perhaps.'

Oh, look in my eyes then, can you doubt?
   — Why, 'tis a mile from town.
How green the grass is all about!
   We might as well sit down.
— Ah, life, what is it but a flower?
   Why must true lovers sigh?
Be kind, have pity, my own, my pretty, —
   'Good-bye, young man, good-bye.'

他们一旦将花儿采摘，
　　　随即无情扬长而去。
要钟情就钟情我这样的人，
　　　靠不住的别搭理。
我的爱忠贞不渝只给你。
　　　"未必，年轻人，未必。"

哦，看着我眼睛，你还怀疑？
　　　——怎么，离城已一里。
这一带草儿多么绿！
　　　我们不妨坐下歇息。
——唉，人生不正如花一朵？
　　　真正的爱侣何故哀叹？
发发慈悲吧，美人，心肝宝贝——
　　　"再见，年轻人，再见。"

When the lad for longing sighs (VI)

·

When the lad for longing sighs,
  Mute and dull of cheer and pale,
If at death's own door he lies,
  Maiden, you can heal his ail.

Lovers' ills are all to buy:
  The wan look, the hollow tone,
The hung head, the sunken eye,
  You can have them for your own.

Buy them, buy them: eve and morn
  Lovers' ills are all to sell.
Then you can lie down forlorn;
  But the lover will be well.

每当少年因相思嗟叹（VI）

每当少年因相思嗟叹，
　　　沉默苍白，心情抑郁，
若是他倒在死神门前，
　　　姑娘，只有你能将他治愈。

情人的苦恼全由你买：
　　　他深陷的眼，低垂的头，
沉郁的嗓音，一脸的病态，
　　　这些你都可据为己有。

都买下，都买下：日日夜夜，
　　　情人的苦恼全都卖出。
然后你倒下，没人关切；
　　　而你的情人却将康复。

When I watch the living meet （XII）

When I watch the living meet,
    And the moving pageant file
Warm and breathing through the street
    Where I lodge a little while,

If the heats of hate and lust
    In the house of flesh are strong,
Let me mind the house of dust
    Where my sojourn shall be long.

In the nation that is not
    Nothing stands that stood before;
There revenges are forgot,
    And the hater hates no more;

Lovers lying two and two
    Ask not whom they sleep beside,
And the bridegroom all night through
    Never turns him to the bride.

每逢我看见人们聚集（XII）

每逢我看见人们聚集，
　　当我在此地短暂驻留，
见欢庆队伍盛装华丽，
　　热热闹闹穿过街头，

倘若仇恨与欲念之火
　　在肉的庐舍里这般炽烈，
就让我记取尘土中的居所，
　　在那儿，我将长久安歇。

在那阴冥的虚无国里，
　　以往的一切不复存在；
在那里，冤仇全被忘记，
　　怨恨者胸中再无蒂芥；

情人们躺着成双成对，
　　也不问是谁卧在身旁，
新郎竟然一整夜酣睡，
　　从不翻身向他的新娘。

When I was one-and-twenty（XIII）

When I was one-and-twenty
  I heard a wise man say,
'Give crowns and pounds and guineas
  But not your heart away;
Give pearls away and rubies
  But keep your fancy free.'
But I was one-and-twenty,
  No use to talk to me.

When I was one-and-twenty
  I heard him say again,
'The heart out of the bosom
  Was never given in vain;
'Tis paid with sighs a plenty
  And sold for endless rue.'
And I am two-and-twenty,
  And oh, 'tis true, 'tis true.

那年我刚二十一岁（XⅢ）

那年我刚二十一岁，
　　有位聪明人对我说：
"金钱再多均可送人，
　　唯独真心不可轻托；
珍珠宝石亦可相赠，
　　谨将情意多自珍重。"
但我年仅二十一岁，
　　和我说这些都没有用。

那年我刚二十一岁，
　　他又对我这样说道：
"既掏出心儿赠与他人，
　　绝不会白白没有酬报；
会换来一声声的悲叹，
　　还有无穷的哀怨悔恨。"
如今我已二十二岁，
　　唉，果真如此，果真。

Look not in my eyes, for fear (XV)

Look not in my eyes, for fear
  They mirror true the sight I see,
And there you find your face too clear
  And love it and be lost like me.
One the long nights through must lie
  Spent in star-defeated sighs,
But why should you as well as I
  Perish? gaze not in my eyes.

A Grecian lad, as I hear tell,
  One that many loved in vain,
Looked into a forest well
  And never looked away again.
There, when the turf in springtime flowers,
  With downward eye and gazes sad,
Stands amid the glancing showers
  A jonquil, not a Grecian lad.

别盯着我的眼睛，只怕是（XV）

别盯着我的眼睛，只怕是
　　会映出我曾目睹的倩影，
你看清自己容颜历历，
　　爱上了，如我那般心神不定。
得将多少个漫漫长夜熬过，
　　自怨自艾地叹息着宿命，
可是，何为定要你与我
　　同殒？别盯着我的眼睛。

我听说，曾有位希腊少年
　　他不接受任何人的情意，
只盯着林中的一泓清泉，
　　迷恋得从此目不旁视。
春来时，青草地中繁花绽，
　　细雨中亭亭一株黄水仙
低垂着眉眼，神色黯然，
　　从此呵，不见那希腊少年。[1]

---

[1] 希腊神话中，一位名叫那西塞斯的美少年，因自恋水中自己的倩
　　影，憔悴致死，并化为水仙。

Oh, when I was in love with you （XVIII）

Oh, when I was in love with you,
   Then I was clean and brave,
And miles around the wonder grew
   How well did I behave.

And now the fancy passes by,
   And nothing will remain,
And miles around they'll say that I
   Am quite myself again.

哦，想当初我爱上了你（XVIII）

哦，想当初我爱上了你，
　　穿着考究又干净，
方圆几里的人都惊奇，
　　我的举止多文明。

爱的狂热已云散烟消，
　　一丝儿痕迹都不留，
方圆几里的人会说道，
　　我又一切照旧。

In summertime on Bredon[*] (XXI)

In summertime on Bredon[1]
　　The bells they sound so clear;
Round both the shires they ring them
　　In steeples far and near,
　　A happy noise to hear.

Here of a Sunday morning
　　My love and I would lie,
And see the coloured counties,
　　And hear the larks so high
　　About us in the sky.

The bells would ring to call her
　　In valleys miles away:
'Come all to church, good people;
　　Good people, come and pray.'
　　But here my love would stay.

---

*　原诗标题为 "Bredon Hill"。

[1] 发音为 Breedon。

只听夏日的百里顿 *（XXI）

只听夏日的百里顿 [1]
　　　阵阵钟声多清越；
两郡四野都听闻
　　　远近钟楼声相接，
　　　听来阵阵添喜悦。

我和恋人在星期天
　　　一早便来此闲躺，
眺望那乡野多斑斓，
　　　听那云雀正高唱，
　·　在我们身畔的蓝天上。

从数里的山谷外
　　　钟声把我恋人唤：
"善男信女都到教堂来；
　　　快点儿来祈祷祝愿。"
　　　可她只想与我做个伴。

──────────

* 原诗标题为"百里顿山"。

[1] 百里顿山位于塞汶河南，跨西罗普和蒙高利两郡。

And I would turn and answer
  Among the springing thyme,
'Oh, peal upon our wedding,
  And we will hear the chime,
  And come to church in time.'

But when the snows at Christmas
  On Bredon top were strown,
My love rose up so early
  And stole out unbeknown
  And went to church alone.

They tolled the one bell only,
  Groom there was none to see,
The mourners followed after,
  And so to church went she,
  And would not wait for me.

The bells they sound on Bredon
  And still the steeples hum.

在那百里香的草丛中
　　我转过身去应和道：
"待我们成亲时再敲吧，
　　只要教堂钟一敲，
　　我们定准时赶到。"

可等到圣诞节飞雪
　　在百里顿山头堆满絮，
我的恋人便早早起，
　　偷偷地不与人语，
　　独自往教堂那里去。

他们敲响了那口钟，
　　却不见新郎在一旁，
路上纷纷的送丧者，
　　她也跟着去教堂，
　　不肯等我同前往。

百里顿山头钟声响，
　　远近钟楼齐声应，

'Come all to church, good people, '—
  Oh, noisy bells, be dumb;
  I hear you, I will come.

“善男信女都来教堂，”——
　　唉，恼人的钟，快停下来；
　　我听见了，马上前来。

The street sounds to the soldiers' tread (XXII)

The street sounds to the soldiers' tread,
　And out we troop to see:
A single redcoat turns his head,
　He turns and looks at me.

My man, from sky to sky's so far,
　We never crossed before;
Such leagues apart the world's ends are,
　We're like to meet no more;

What thoughts at heart have you and I
　We cannot stop to tell;
But dead or living, drunk or dry,
　Soldier, I wish you well.

士兵的步伐在街上响（XXII）

士兵的步伐在街上响，
　　我们全都拥出去看：
有个红制服回头来望，
　　他回头望向我的脸。

朋友，咱俩天各两端，
　　从不曾萍水相逢；
天涯与海角隔那么远，
　　咱俩再无缘重逢；

你我各自心中所思，
　　不能停步来吐露；
但不论醉或醒、生或死，
　　当兵的，我为你祝福。

The lads in their hundreds to Ludlow come in for the fair (XXIII)

The lads in their hundreds to Ludlow come in for the fair,
　　There's men from the barn and the forge and the mill and the fold,
The lads for the girls and the lads for the liquor are there,
　　And there with the rest are the lads that will never be old.

There's chaps from the town and the field and the till and the cart,
　　And many to count are the stalwart, and many the brave,
And many the handsome of face and the handsome of heart,
　　And few that will carry their looks or their truth to the grave.

I wish one could know them, I wish there were tokens to tell
　　The fortunate fellows that now you can never discern;
And then one could talk with them friendly and wish them farewell
　　And watch them depart on the way that they will not return.

But now you may stare as you like and there's nothing to scan;

成百的年轻人齐涌来禄如镇
赶市集（XXIII）

成百的年轻人齐涌来禄如镇赶市集，
　　　他们来自磨坊、铁铺、马厩或羊栏，
有的来这儿追女孩，有的则来觅醉，
　　　余下的是那些永不会老去的少年。

他们是城里人、庄稼汉、账房，或赶车人，
　　　多少人身强力壮，多少人勇敢剽悍，
多少人心地善良，多少人相貌英俊，
　　　可没有人能永葆其美德与容颜。

愿有人认识他们，并能凭特征发觉
　　　那些现在还默默无闻的幸运之辈；
然后与他们亲切交谈，珍重道别，
　　　送他们上路，在这路上一去不回。

放眼瞧吧，尽管什么也看不出；

西罗普郡少年

And brushing your elbow unguessed-at and not to be told
They carry back bright to the coiner the mintage of man,
The lads that will die in their glory and never be old.

那些与你擦肩而过的少年人

不知谁将英年早逝，再不老去，

　　人之币呵，终要完整交还铸钱神。[1]

[1] 此句比喻取自密尔顿《科马斯》（*Comus*）中"美貌是自然的钱币
（Beauty is Nature's coins）"一语。

Along the field as we came by (XXVI)

    Along the field as we came by
A year ago, my love and I,
The aspen over stile and stone
Was talking to itself alone.
'Oh who are these that kiss and pass?
A country lover and his lass;
Two lovers looking to be wed;
And time shall put them both to bed,
But she shall lie with earth above,
And he beside another love.'

    And sure enough beneath the tree
There walks another love with me,
And overhead the aspen heaves
Its rainy-sounding silver leaves;
And I spell nothing in their stir,
But now perhaps they speak to her,
And plain for her to understand
They talk about a time at hand
When I shall sleep with clover clad,
And she beside another lad.

正从田野里款款经过（XXVI）

正从田野里款款经过
一年前我的恋人和我，
石墙边我听见一株白杨
正自言自语发出声响：
"哦，谁经过这儿接过吻？
一农家小伙和他的爱人；
俩人看来快举行婚礼；
时光会安排他们共枕席，
可她将高卧黄土之床，
他则睡在另一女子旁。"

这话真是一点都不假，
我和另一恋人散步树下，
头上白杨银色的叶子，
发出潇潇如雨的叹息；
我听不懂它们瑟瑟的喓嗬，
或许此刻正在对她倾诉，
确实只有她能听个明白，
白杨叶预言，不久的将来
我将在墓草下长眠，
她则在另一男子身畔。

西罗普郡少年

035

'Tis spring; come out to ramble[*] (XXIX)

'Tis spring; come out to ramble
    The hilly brakes around,
For under thorn and bramble
    About the hollow ground
    The primroses are found.

And there's the windflower chilly
    With all the winds at play,
And there's the Lenten lily
    That has not long to stay
    And dies on Easter day.

And since till girls go maying
    You find the primrose still,
And find the windflower playing
    With every wind at will,

---

* 原诗标题为 "The Lent Lily"。

春来了；出来散步吧 *（XXIX）

春来了；出来散步吧，
　　沿着山地丛林闲逛，
看，就在那野荆棘下，
　　在幽邃的谷地上，
　　已有报春花开放。

那儿有冷峻的银莲，
　　尽情在风中嬉斗，
还有那四旬的水仙，
　　它的花期不长久，
　　挨不到复活节后。

待到少女们四出寻芳，[1]
　　仍可见报春花开遍，
仍可见银莲花绽放，
　　与每阵风儿嬉玩，

西罗普郡少年

---

* 原诗标题为"四旬花"。"四旬"原文为 lent，即复活节前40天的
　　大斋节，为纪念耶稣在荒野禁食。四旬花即水仙，因传该花花期
　　只有40天，至复活节而萎，故名四旬花。
[1] 寻芳：英古俗，于每年五月一日子夜举行。

But not the daffodil,

Bring baskets now, and sally
   Upon the spring's array,
And bear from hill and valley
   The daffodil away
   That dies on Easter day.

唯独黄水仙不见。

你快快带上篮子来，
　　踏上春日的锦绣，
在那漫山遍谷采摘，
　　去把黄水仙摘走，
　　它挨不到复活节后。

On Wenlock Edge the wood's in trouble (XXXI)

On Wenlock Edge the wood's in trouble;
　　His forest fleece the Wrekin heaves;
The gale, it plies the saplings double,
　　And thick on Severn snow the leaves.

'Twould blow like this through holt and hanger
　　When Uricon the city stood:
'Tis the old wind in the old anger,
　　But then it threshed another wood.

Then, 'twas before my time, the Roman
　　At yonder heaving hill would stare:
The blood that warms an English yeoman,
　　The thoughts that hurt him, they were there.

There, like the wind through woods in riot,

温洛岭林莽陷入悲苦（XXXI）

温洛岭林莽陷入悲苦；
  雷铿冈长叹草木凋零；[1]
狂风呼啸，吹折了幼树，
  塞汶河上落叶如雪纷纷。

当乌里肯城堡矗立云霄，[2]
  风曾这般吹过苍郁的丘陵：
一似那古时风在古时怒号，
  当年它将另一片林木夷平。

远在我之前，那罗马人，当年
  时常朝远处起伏的山林凝视：
那令英国农人哀伤的怀念
  和火热的血，全在那里。

那儿，犹如长风驰过翻腾的树林，

西罗普郡少年

---

[1] 温洛岭和雷铿冈分别在塞汶河的南岸与北岸。

[2] 乌里肯：即今天的罗克斯特，位于西鲁堡以西5英里，为罗马化
  不列颠的重镇。

Through him the gale of life blew high;
The tree of man was never quiet:
    Then' twas the Roman, now'tis I.

The gale, it plies the saplings double,
    It blows so hard, 'twill soon be gone:
To-day the Roman and his trouble
    Are ashes under Uricon.

生存之风暴也从他心头掠过；
人类之树永远不曾平静：
　　昔日有罗马人，今日是我。

狂风呼啸，吹折了幼树，
　　如此凌厉，它将很快过去：
如今，那罗马人和他的悲苦
　　已埋在乌里肯，成一堆灰土。

From far, from eve and morning （XXXII）

From far, from eve and morning
   And yon twelve-winded sky,
The stuff of life to knit me
   Blew hither: here am I.

Now—for a breath I tarry
   Nor yet disperse apart—
Take my hand quick and tell me,
   What have you in your heart.

Speak now, and I will answer;
   How shall I help you, say;
Ere to the wind's twelve quarters
   I take my endless way.

自远方，自黄昏与清晨（XXXII）

自远方，自黄昏与清晨，
　　自十二风巡行的天庭，[1]
往这儿吹来生命之质
　　合成我：我得以降生。

而今——我一息犹存，
　　尚未离去——
快执着我的手告诉我，
　　你有些什么思绪。

赶快说，让我来回答你，
　　要我如何帮你，请吩咐；
莫待我向天风十二方，
　　踏上那无尽的归路。

---

[1] 此处及倒数第二行中"十二"之意不详，或指黄道十二宫或十二
　　个月。

If truth in hearts that perish （XXXIII）

If truth in hearts that perish
   Could move the powers on high,
I think the love I bear you
   Should make you not to die.

Sure, sure, if stedfast meaning,
   If single thought could save,
The world might end to-morrow,
   You should not see the grave.

This long and sure-set liking,
   This boundless will to please,
— Oh, you should live for ever,
   If there were help in these.

But now, since all is idle,
   To this lost heart be kind,
Ere to a town you journey
   Where friends are ill to find.

要是凡人的一片心（XXXIII）

要是凡人的一片心
　　能感动威灵的上苍，
我想我对于你的爱
　　当使你摆脱死亡。

确实，若绵绵的情意
　　和专注的感情是救星，
即使明天是世界末日，
　　你也不会入坟茔。

这久久不移的倾慕，
　　这无边的呵护，
——哦，你将得永生，
　　假如这些有助。

如今，既然一切付诸东流，
　　请善待这颗失落的心，
须知你去往他乡后
　　从此真朋友难寻。

西罗普郡少年

On the idle hill of summer (XXXV)

On the idle hill of summer,
  Sleepy with the flow of streams,
Far I hear the steady drummer
  Drumming like a noise in dreams.

Far and near and low and louder
  On the roads of earth go by,
Dear to friends and food for powder,
  Soldiers marching, all to die.

East and west on fields forgotten
  Bleach the bones of comrades slain,
Lovely lads and dead and rotten;
  None that go return again.

Far the calling bugles hollo,
  High the screaming fife replies,
Gay the files of scarlet follow:
  Woman bore me, I will rise.

在夏日悠闲的山头（XXXV）

在夏日悠闲的山头，
　　溪水潺潺催人欲睡，
遥遥听见沉稳的鼓手，
　　声声敲击如在梦寐。

由远及近，由低渐高，
　　听见士兵行军在土路，
友朋之所珍，炮火之饲料，
　　一批批正走向坟墓。

在被遗忘的东西战场，
　　捐躯者曝露白骨累累，
那都是身死骨枯的好儿郎；
　　古来征战从无人回。

军号的召唤远远可闻，
　　应和的短笛声声激越，
红军装的队列欣欣随行：
　　父母生我，我当建功立业。

White in the moon the long road lies (XXXVI)

White in the moon the long road lies,
   The moon stands blank above;
White in the moon the long road lies
   That leads me from my love.

Still hangs the hedge without a gust,
   Still, still the shadows stay:
My feet upon the moonlit dust
   Pursue the ceaseless way.

The world is round, so travellers tell,
   And straight though reach the track,
Trudge on, trudge on, 'twill all be well,
   The way will guide one back.

But ere the circle homeward hies
   Far, far must it remove:
White in the moon the long road lies
   That leads me from my love.

月光下惨白一条长路（XXXVI）

月光下惨白一条长路，
　　寒月空悬天宇；
月光下惨白一条长路，
　　引我离吾爱远去。

树篱静垂，没一丝风，
　　地上是静静的篱影：
我踏着月色清冷，
　　沿长路不停前行。

世界本圆，旅人如是说，
　　尽管旅途向前延展，
前行，前行，不会有错，
　　人终有天要原路归返。

可未待踏上归途，
　　须先往遥遥之隅：
月光下惨白一条长路，
　　引我离吾爱远去。

西罗普郡少年

051

Into my heart an air that kills (XL)

Into my heart an air that kills
　　From yon far country blows:
What are those blue remembered hills,
　　What spires, what farms are those?

That is the land of lost content,
　　I see it shining plain,
The happy highways where I went
　　And cannot come again.

遥远的乡间吹来阵风（XL）

遥远的乡间吹来阵风，
　　凛冽刺透心间：
究竟何在，那些梦萦的
　　青山、尖塔、田园？

那是不堪回首的故土，
　　历历映在眼前，
条条欢乐的来时路，
　　我再也不能归返。

In my own shire, if I was sad (XLI)

In my own shire, if I was sad,
Homely comforters I had:
The earth, because my heart was sore,
Sorrowed for the son she bore;
And standing hills, long to remain,
Shared their short-lived comrade's pain.
And bound for the same bourn as I,
On every road I wandered by,
Trod beside me, close and dear,
The beautiful and death-struck year:
Whether in the woodland brown
I heard the beechnut rustle down,
And saw the purple crocus pale
Flower about the autumn dale;
Or littering far the fields of May
Lady-smocks a-bleaching lay,
And like a skylit water stood
The bluebells in the azured wood.

Yonder, lightening other loads,

在故乡，若我心中伤悲（XLI）

在故乡，若我心中伤悲，
总能得到真心的安慰：
大地，因我的心怆楚，
会为她的孩子悲苦；
矗立的群山终古长存，
分担起短命伴侣的憾恨。
在我漫游的每条路上，
相伴赶赴同一方向，
有亲善的友伴走在身边，
还有那美极而逝的华年：
当我从棕黄的山林经过，
听到山榉果萧萧坠落，
又见淡紫的番红花丛，
盛开在清秋的溪谷之中；
五月的原野上远近一片
野荠花铺展雪白如练，
蓝铃花亭亭于苍翠林内，
若一泓映着蓝天的碧水。

在那儿，乡村的路口

The seasons range the country roads,
But here in London streets I ken
No such helpmates, only men;
And these are not in plight to bear,
If they would, another's care.
They have enough as'tis: I see
In many an eye that measures me
The mortal sickness of a mind
Too unhappy to be kind.
Undone with misery, all they can
Is to hate their fellow man;
And till they drop they needs must still
Look at you and wish you ill.

有四季风光减你烦忧，
可伦敦街头，尽是闲人，
良友佳人无处可寻；
这些人总不会心甘情愿
前来分担他人的忧患。
他们的愁苦已够多：每当
无数双眼睛将我打量，
我窥见其病入膏肓的心灵
因极度悲哀而丧失了温情。
困苦压得他们只会
怨恨自己的一切同类；
直至死前，他们仍一直
紧盯着你，对你咒骂不止。

Once in the wind of morning[*]（XLII）

Once in the wind of morning
  I ranged the thymy wold;
The world-wide air was azure
  And all the brooks ran gold.

There through the dews beside me
  Behold a youth that trod,
With feathered cap on forehead,
  And poised a golden rod.

With mien to match the morning
  And gay delightful guise
And friendly brows and laughter
  He looked me in the eyes.

Oh whence, I asked, and whither?
  He smiled and would not say,

---

* 原诗标题为 "The Merry Guide"。

有一天我沐着晨风 *（XLII）

有一天我沐着晨风
　　在芳草茵茵间漫游；
仰望蔚蓝的天宇
　　俯看金色的溪流。

我看见踩着草上露珠
　　一个年轻人走过身旁，
他头上戴一顶羽帽，
　　手中持一根金杖。

他神态欢快愉悦，
　　丰采有若晨曦，
他看着我的眼睛，
　　眉宇间漾满笑意。

我问他何来更何往？
　　他笑着不肯答复，

---

* 原诗标题为"快乐的向导"。快乐的向导：指赫耳墨斯（Hermes），
希腊奥林匹斯十二主神之一，他是神界与人界之间的信使。

And looked at me and beckoned
    And laughed and led the way.

And with kind looks and laughter
    And nought to say beside
We two went on together,
    I and my happy guide.

Across the glittering pastures
    And empty upland still
And solitude of shepherds
    High in the folded hill,

By hanging woods and hamlets
    That gaze through orchards down
On many a windmill turning
    And far-discovered town,

With gay regards of promise
    And sure unslackened stride

只朝我看看又招手，
　　笑吟吟在前引路。

我俩一路沉默，
　　只蔼然相视而笑，
我俩相偕同行，
　　我和我快乐的向导。

穿越露珠晶莹的牧场
　　和幽静空旷的高原，
还有牧羊人孤寂的居处
　　在那层峦叠嶂之间，

从高高的山林和村庄
　　俯瞰下方的果园，
还有转着风车的磨房，
　　及遥遥在望的乡县，

他一脸欢悦和希望，
　　迈着矫健的步伐，

And smiles and nothing spoken
　　Led on my merry guide.

By blowing realms of woodland
　　With sunstruck vanes afield
And cloud-led shadows sailing
　　About the windy weald,

By valley-guarded granges
　　And silver waters wide,
Content at heart I followed
　　With my delightful guide.

And like the cloudy shadows
　　Across the country blown
We two fare on for ever,
　　But not we two alone.

With the great gale we journey
　　That breathes from gardens thinned,

快乐的向导领我前行，
　　微笑着一言不发。

经过风声呼啸的树林，
　　远处是映日的风标，
在狂风掠过的旷野，
　　白云之影以游以遨，

经过溪谷环抱的村庄
　　和银灿广阔的水域，
我舒心惬意地追随
　　快活的向导而去。

犹如狂风掠过原野
　　卷去一片片云影，
我俩不停地前行
　　同行的不止俩人。

穿越疏落的园林，
　　我俩紧随着狂风，

Borne in the drift of blossoms
  Whose petals throng the wind;

Buoyed on the heaven-ward whisper
  Of dancing leaflets whirled
From all the woods that autumn
  Bereaves in all the world.

And midst the fluttering legion
  Of all that ever died
I follow, and before us
  Goes the delightful guide,

With lips that brim with laughter
  But never once respond,
And feet that fly on feathers,
  And serpent-circled wand.

见无数落花纷飞，
　　花瓣漫舞在风中。

浮沉于飞卷旋舞的
　　落叶，于空际低语，
秋天凋零了
　　全世界的林木。

我杂在这亡者的行列，
　　在空中翩跹飘摇，
就在我们的前面
　　走着那快活的向导，

他嘴角含着笑意，
　　却始终一声不响，
两足踏鸟羽轻飞，
　　手持盘蛇的金杖。

When I meet the morning beam[*] （XLⅢ）

When I meet the morning beam
Or lay me down at night to dream,
I hear my bones within me say,
'Another night, another day.

'When shall this slough of sense be cast,
This dust of thoughts be laid at last,
The man of flesh and soul be slain
And the man of bone remain?

'This tongue that talks, these lungs that shout,
These thews that hustle us about,
This brain that fills the skull with schemes,
And its humming hive of dreams, —

'These to-day are proud in power
And lord it in their little hour:
The immortal bones obey control

---

[*] 原诗标题为 "The Immortal Part"。

每当我醒来遇上晨光 *（XLⅢ）

每当我醒来遇上晨光，
或夜里躺下进入梦乡，
总闻骨骼在自言自语：
"一天一夜又这么过去。

"这感觉的蜕壳几时挣脱？
这思绪的飞尘何时沉落？
哪天才斩尽人的灵与肉，
最后只剩那一副骷髅？

"这喧嚣的肺，喋喋的舌，
催人碌碌的筋骨躯壳，
这头脑满满充斥着计算，
还有它营营的一窝蜂梦幻——

"这些今日正骄掌大权，
作威作福于朝夕之间：
垂死的肉与垂死的灵

---

* 原诗标题为"不朽的部分"。

067

Of dying flesh and dying soul.

''Tis long till eve and morn are gone:
Slow the endless night comes on,
And late to fulness grows the birth
That shall last as long as earth.

'Wanderers eastward, wanderers west,
Know you why you cannot rest?
'Tis that every mother's son
Travails with a skeleton.

'Lie down in the bed of dust;
Bear the fruit that bear you must;
Bring the eternal seed to light,
And morn is all the same as night.

'Rest you so from trouble sore,
Fear the heat o' the sun no more,
Nor the snowing winter wild,

将不朽的骨骸攫得紧紧。

"终于，清晨与黄昏消逝：
那无尽的长夜缓缓挪移，
生命需何其漫长的孕育，
而繁衍将永在大地继续。

"东去的旅人西来的客，
可知你为何安息不得？
只因每个人子降临人世
都要劳其筋骨奔波不止。

"且躺在这尘土的褥席，
去孕育那必结的果实；
让永恒的种子见天日，
清晨与黑夜便无差异。

"从此卸下了忧愁苦难，
不再怕夏日里酷热炎炎，
也不怕严冬里冰冻雪舞，

Now you labour not with child.

'Empty vessel, garment cast,
We that wore you long shall last.
— Another night, another day.'
So my bones within me say.

Therefore they shall do my will
To-day while I am master still,
And flesh and soul, now both are strong,
Shall hale the sullen slaves along,

Before this fire of sense decay,
This smoke of thought blow clean away,
And leave with ancient night alone
The stedfast and enduring bone.

如今你再不用生儿育女。

"空空的器皿，丢弃的衣服，
辛劳了你，我们仍将继续。
——一天一夜又这么过去。"
我的骨骼在体内自言自语。

它们都将听命于我，
因我如今仍大权在握，
肉体和灵魂现都强壮，
将悲苦的奴仆们紧抓不放，

直至感觉的烈焰烧成灰烬，
思绪的浓烟也消散干净，
只留下坚硬的白骨几截，
相对厮守那终古长夜。

Bring, in this timeless grave to throw (XLVI)

Bring, in this timeless grave to throw,
No cypress, sombre on the snow;
Snap not from the bitter yew
His leaves that live December through;
Break no rosemary, bright with rime
And sparkling to the cruel clime;
Nor plod the winter land to look
For willows in the icy brook
To cast them leafless round him: bring
No spray that ever buds in spring.

But if the Christmas field has kept
Awns the last gleaner overstept,
Or shrivelled flax, whose flower is blue
A single season, never two;
Or if one haulm whose year is o'er
Shivers on the upland frore,
— Oh, bring from hill and stream and plain

莫去折雪中郁郁的柏枝（XLVI）

　　莫去折雪中郁郁的柏枝，[1]
莫将其投入这永寂的墓室；
莫去折味苦性毒的紫杉，
杉叶能挨过十二月的严寒；
莫采凌霜竞艳的迷迭香，
它们在凛冽寒气中灼灼闪亮；
也莫去跋涉寒冬的荒郊，
去寻找冰溪中无叶的柳条，
取来放在他身旁：莫折
岁寒枝，当春还绽叶。

　　但若岁暮的田野尚残存
拾穗者踏过的麦秆根茎，
或是些枯萎干蔫的亚麻，
它们只开一季蓝蓝的花；
或一株豆秸，它早已脱粒，
留在冰封的高地独自战栗，
——啊，且从山林、小溪和原野

---

[1] 柏树在西方常被用于葬礼。

Whatever will not flower again,
To give him comfort: he and those
Shall bide eternal bedfellows
Where low upon the couch he lies
Whence he never shall arise.

带回这不再开花的一切，
给他以慰藉：这些将与他
相伴同卧于九泉之下，
在那儿低低的榻上安息，
他永远，永远不再爬起。

Far in a western brookland（LII）

Far in a western brookland
  That bred me long ago
The poplars stand and tremble
  By pools I used to know.

There, in the windless night-time,
  The wanderer, marvelling why,
Halts on the bridge to hearken
  How soft the poplars sigh.

He hears: no more remembered
  In fields where I was known,
Here I lie down in London
  And turn to rest alone.

There, by the starlit fences,
  The wanderer halts and hears
My soul that lingers sighing
  About the glimmering weirs.

远在那西部的水乡（LII）

远在那西部的水乡，
　　多年前生养我的地方，
高高的白杨萧萧摇曳，
　　傍着我熟悉的池塘。

在那儿无风的夜晚，
　　流浪者伫立桥头，
倾听并惊奇为何
　　白杨的叹息那么轻柔。

只听：在我生长的乡村
　　没人再将我挂念，
我独自在异乡伦敦
　　寂寞地躺下长眠。

在那儿星辉下的围篱，
　　流浪者驻足倾听，
听我灵魂正游荡叹息，
　　沿微光闪烁之堤前行。

With rue my heart is laden (LIV)

With rue my heart is laden
   For golden friends I had,
For many a rose-lipt maiden
   And many a lightfoot lad.

By brooks too broad for leaping
   The lightfoot boys are laid;
The rose-lipt girls are sleeping
   In fields where roses fade.

我的心头充满哀伤（LIV）

我的心头充满哀伤，
　　　为昔日的知己伙伴，
为多少红唇的姑娘，
　　　为多少捷足的少年。

在宽阔难涉的河旁，
　　　躺着那捷足的少年；
而那些红唇的姑娘，
　　　长眠在玫瑰凋谢的田间。

When I came last to Ludlow (LVIII)

When I came last to Ludlow
  Amidst the moonlight pale,
Two friends kept step beside me,
  Two honest friends and hale.

Now Dick lies long in the churchyard,
  And Ned lies long in jail,
And I come home to Ludlow
  Amidst the moonlight pale.

记得我上次回禄如镇（LVIII）

记得我上次回禄如镇，
　　一路月色溶溶，
我身边走着两个朋友，
　　两人真诚又健壮。

狄克早已躺在墓地，
　　奈德也久困于狱中，
我今又回禄如镇来，
　　一路月色溶溶。

西罗普郡少年

Now hollow fires burn out to black (LX)

Now hollow fires burn out to black,
    And lights are guttering low:
Square your shoulders, lift your pack,
    And leave your friends and go.

Oh never fear, man, nought's to dread,
    Look not to left nor right:
In all the endless road you tread
    There's nothing but the night.

炉中柴此刻已经烧光（LX）

炉中柴此刻已经烧光，
　　烛火也即将熄灭：
挺起肩膀，背起行囊，
　　此去与友暂相别。

老兄，莫怕，莫左盼右顾，
　　也不必忐忑不安：
你踏上的无尽征途，
　　不过是长夜漫漫。

Last Poems

诗末编

As I gird on for fighting (II)

As I gird on for fighting
　　My sword upon my thigh,
I think on old ill fortunes
　　Of better men than I.

Think I, the round world over,
　　What golden lads are low
With hurts not mine to mourn for
　　And shames I shall not know.

What evil luck soever
　　For me remains in store,
'Tis sure much finer fellows
　　Have fared much worse before.

So here are things to think on
　　That ought to make me brave,
As I strap on for fighting
　　My sword that will not save.

当我往腰间系上（Ⅱ）

当我往腰间系上
　　　格斗用的长剑，
便想起优于我者
　　　遭遇的厄运磨难。

放眼这世上，有多少
　　　金色少年怆然逝去，
带着我难识其悲的创伤，
　　　和我无从了解的羞辱。

无论是何种厄运
　　　潜伏窥伺着我，
确有更杰出的人物
　　　在世比我命薄。

一想起凡此种种，
　　　便令人胆壮心雄，
当我往腰间系剑，
　　　格斗中必试霜锋。

The Queen she sent to look for me[*] (V)

The Queen she sent to look for me,
  The sergeant he did say,
'Young man, a soldier will you be
  For thirteen pence a day?'

For thirteen pence a day did I
  Take off the things I wore,
And I have marched to where I lie,
  And I shall march no more.

My mouth is dry, my shirt is wet,
  My blood runs all away,
So now I shall not die in debt
  For thirteen pence a day.

To-morrow after new young men
  The sergeant he must see,
For things will all be over then

---

[*] 原诗标题为 "Grenadier"。

女王差人召我入伍 *（V）

女王差人召我入伍，
　　军曹对我说，"小伙子，
当名士兵何如，
　　一天可挣十三便士？"

为了一天十三便士，
　　我把旧衣脱个干净，
既已奔赴捐躯之地，
　　再也没法往前推进。

我口干舌燥，衣衫尽湿，
　　全身鲜血都已流尽，
如今我再也不必
　　为十三个便士卖命。

明天军曹得去另找
　　别的小伙子来顶替，
因为那时已一笔勾销

---

* 原诗标题为"掷弹兵"。

089

Between the Queen and me.

And I shall have to bate my price,
  For in the grave, they say,
Is neither knowledge nor device
  Nor thirteen pence a day.

我和女王间的交易。

而我也得将身价削减，
　　　因为他们说，在阴世，
既没有知识，也没有谋算，
　　　以及一天十三便士。[1]

---

[1]《旧约·传道书》(9：10)：因为在你所必去的阴间，没有工作，
　　没有谋算，没有知识，也没有智慧。

The chestnut casts his flambeaux, and the flowers （IX）

The chestnut casts his flambeaux, and the flowers
    Stream from the hawthorn on the wind away,
The doors clap to, the pane is blind with showers.
    Pass me the can, lad;there's an end of May.

There's one spoilt spring to scant our mortal lot,
    One season ruined of our little store.
May will be fine next year as like as not:
    Oh ay, but then we shall be twenty-four.

We for a certainty are not the first
    Have sat in taverns while the tempest hurled
Their hopeful plans to emptiness, and cursed
    Whatever brute and blackguard made the world.

It is in truth iniquity on high
    To cheat our sentenced souls of aught they crave,
And mar the merriment as you and I
    Fare on our long fool's-errand to the grave.

栗树洒下火炬似的繁英（IX）

栗树洒下火炬似的繁英，
　　风过山楂树花落缤纷，
门闭后，阵雨乱打窗不明。
　　老弟，给我酒杯，时已暮春。

人生短促，又将一春浪掷，
　　整整一季已为风雨所毁。
明年之春，或许多晴日：
　　唉，那时我们已二十四岁。

我们当然不是第一个
　　坐在酒馆，眼看风雨肆虐，
摧折希望与计划，诅咒着
　　什么恶鬼坏了这世界。

上天确实太不公平，
　　诈尽我们受刑灵魂的希冀，
并减损欢乐，当你我历经
　　辛苦遭逢向坟墓走去。

Iniquity it is;but pass the can.
  My lad, no pair of kings our mothers bore;
Our only portion is the estate of man:
  We want the moon, but we shall get no more.

If here to-day the cloud of thunder lours
  To-morrow it will hie on far behests;
The flesh will grieve on other bones than ours
  Soon, and the soul will mourn in other breasts.

The troubles of our proud and angry dust
  Are from eternity, and shall not fail.
Bear them we can, and if we can we must.
  Shoulder the sky, my lad, and drink your ale.

上天诚不公；且给我酒杯。

　　老弟，娘胎所生并非皆帝王；
我辈所得，只属凡人分内：
　　我们别妄想摘到天上的月亮。

若此地，今日阴雨雷电催逼，
　　那么明日定会飘向别处；
肉体将为他人的尸骨叹息，
　　灵魂将在他人的胸中诉苦。

我们骄愤的形骸多烦忧，
　　亘古俱来，永不消退。
我们倘能忍，就必须忍受。
　　用肩扛起天，老弟，只管举杯！ [1]

―――――――――

[1] 此处暗指希腊神话中的"擎天神"阿特拉斯（Atlas），他因反抗宙
　　斯（Zeus）失败，被降罪用双肩支撑苍天。

Could man be drunk for ever (X)

Could man be drunk for ever
　　With liquor, love, or fights,
Lief should I rouse at morning
　　And lief lie down at nights.

But men at whiles are sober
　　And think by fits and starts,
And if they think, they fasten
　　Their hands upon their hearts.

要是人能一世沉醉（X）

要是人能一世沉醉
　　于美酒、爱情或战斗，
那我也乐于凌晨即起，
　　入夜便倒下睡个够。

无奈人有时也清醒，
　　不时会左思右想，
一旦思想，他们便会
　　双手紧勒在胸膛。

Star and coronal and bell[*] (XVI)

Last Poems

Star and coronal and bell
 April underfoot renews,
And the hope of man as well
 Flowers among the morning dews.

Now the old come out to look,
 Winter past and winter's pains,
How the sky in pool and brook
 Glitters on the grassy plains.

Easily the gentle air
 Wafts the turning season on;
Things to comfort them are there,
 Though'tis true the best are gone.

Now the scorned unlucky lad
 Rousing from his pillow gnawn
Mans his heart and deep and glad

---

[*] 原诗标题为 "Spring Morning"。

花开如星、似冠、若钟 *（XVI）

花开如星、似冠、若钟，
　　脚下的四月焕了新装，
人们的希望也如同
　　在晨露间绽放。

冬天与它的苦痛已远走，
　　老人们纷纷出门观光，
看那倒映着蓝天的溪流，
　　在绿油油的草原闪光。

春风和煦徐徐而来，
　　将季节缓缓往前吹移；
令人舒心之景依然在，
　　尽管韶光早已远逝。

那位失恋的不幸少年
　　从一夜烦恼的枕上起来，
重振雄心又奋发勇敢，

---

* 原诗标题为"春晨"。

Drinks the valiant air of dawn.

Half the night he longed to die,
  Now are sown on hill and plain
Pleasures worth his while to try
  Ere he longs to die again.

Blue the sky from east to west
  Arches, and the world is wide,
Though the girl he loves the best
  Rouses from another's side.

清晨的空气令他开怀。

大半夜他只想一死了之，
　　此刻却遍及山坡平原
播下值得一试的欢愉，
　　在他再萌轻生之念前。

从东到西天穹蓝如洗，
　　这世界多么辽远宽广，
尽管他最心爱的少女
　　此时醒在别人的身旁。

101

The fairies break their dances （XXI）

The fairies break their dances
  And leave the printed lawn,
And up from India glances
  The silver sail of dawn.

The candles burn their sockets,
  The blinds let through the day,
The young man feels his pockets
  And wonders what's to pay.

仙子们停止了跳舞（XXI）

仙子们停止了舞蹈，
　　离开足迹纷乱的草原，
印度的那一边闪耀
　　黎明的银色篷帆。

蜡烛烧到了烛台，
　　窗帘透进了阳光，
年轻人摸摸口袋，
　　犯愁拿什么付账。

In the morning, in the morning (XXIII)

In the morning, in the morning,
  In the happy field of hay,
Oh they looked at one another
  By the light of day.

In the blue and silver morning
  On the haycock as they lay,
Oh they looked at one another
  And they looked away.

在早上，在早上（XXIII）

在早上，在早上，
　　在那欢乐的草场，
哦，他们凝视对方，
　　沐浴着灿烂的阳光。

蔚蓝的早晨闪着银光，
　　他们躺在干草堆上，
哦，他们凝视对方，
　　但很快移开了目光。

Wake not for the world–heard thunder (XXIX)

Wake not for the world-heard thunder
   Nor the chime that earthquakes toll.
Star may plot in heaven with planet,
Lightning rive the rock of granite,
Tempest tread the oakwood under:
   Fear not you for flesh nor soul.
Marching, fighting, victory past,
Stretch your limbs in peace at last.

Stir not for the soldiers drilling
   Nor the fever nothing cures:
Throb of drum and timbal's rattle
Call but man alive to battle,
And the fife with death-notes filling
   Screams for blood but not for yours.
Times enough you bled your best;
Sleep on now, and take your rest.

Sleep, my lad; the French are landed,
   London's burning, Windsor's down;

不必因惊雷响彻人世（XXIX）

不必因惊雷响彻人世
　　或地震敲响丧钟而醒。
即便天上星球合谋暗算，
闪电劈开了花岗岩，
暴风雨践踏橡树林：
　　汝等身心皆勿畏惧。
前进，奋战，直至获取胜利，
然后舒展四肢，好好安息。

不要打扰受训中的士兵，
　　也莫招惹无治的热病：
且把军鼓阵阵敲响，
召唤生者奔赴战场，
横笛吹奏决死之音，
　　激沸热血，但非你们的。
你们拼洒鲜血已无数次；
如今且躺下，好好安息。

孩子们，睡吧；法国人已登陆，
　　伦敦在燃烧，温莎已陷落；

Clasp your cloak of earth about you,
We must man the ditch without you,
March unled and fight short-handed,
    Charge to fall and swim to drown.
Duty, friendship, bravery o'er,
Sleep away, lad; wake no more.

你们且将泥土斗篷裹好，
我们会独自坚守战壕，
孤胆前行，以寡敌众，
　　冲锋陷阵到最后一刻。
职责、友谊、勇敢已成过去，
睡吧，孩子们；永远不要再起。

When the eye of day is shut (XXXIII)

When the eye of day is shut,
   And the stars deny their beams,
And about the forest hut
   Blows the roaring wood of dreams,

From deep clay, from desert rock,
   From the sunk sands of the main,
Come not at my door to knock,
   Hearts that loved me not again.

Sleep, be still, turn to your rest
   In the lands where you are laid;
In far lodgings east and west
   Lie down on the beds you made.

In gross marl, in blowing dust,
   In the drowned ooze of the sea,
Where you would not, lie you must,
   Lie you must, and not with me.

当白日之眼闭合（XXXⅢ）

当白日之眼闭合，
　　群星齐掩去光芒，
围绕着林中茅舍，
　　喧闹起梦的林莽。

自深深地下、沙漠岩层，
　　和海底沉积的沙泥，
有魂归来，不进我门，
　　他们不再待我亲密。

静静去睡吧，且前往
　　你们的长眠之地；
去遥远的东方和西方，
　　在你们自铺的床上安息。

在粗粝泥灰、纷扬飞尘
　　和大海淤积的泥层，
你们本不情愿，却只能
　　撇下我在那儿栖身。

111

From home to Ludlow fair[*] (XXXIV)

The orchards half the way
From home to Ludlow fair
Flowered on the first of May
In Mays when I was there;
And seen from stile or turning
The plume of smoke would show
Where fires were burning
That went out long ago.

The plum broke forth in green,
The pear stood high and snowed,
My friends and I between
Would take the Ludlow road;
Dressed to the nines and drinking
And light in heart and limb,
And each chap thinking
The fair was held for him.

---

* 原诗标题为 "The First of May"。

从我家到禄如镇集市 *（XXXIV）

从我家到禄如镇集市，
　　　半路上有几座果园，
每逢五月第一天，繁花绽枝，
　　　在我未离家的那几年；
从篱墙台阶或岔道远眺，
　　　能望见烟柱摇曳，
那儿，烈火曾熊熊燃烧，
　　　而如今火光早已熄灭。

当李树枝头绿叶缀满，
　　　梨花似雪耀于高枝，
我和朋友们便相伴
　　　去往禄如镇赶集；
穿戴得簇新，频频举杯，
　　　全身心只觉轻松愉快，
每个小伙子都以为
　　　这集市原是为他而开。

---

* 原诗标题为"五月第一天"。

113

Between the trees in flower
    New friends at fairtime tread
The way where Ludlow tower
    Stands planted on the dead.
Our thoughts, a long while after,
    They think, our words they say;
Theirs now's the laughter,
    The fair, the first of May.

Ay, yonder lads are yet
    The fools that we were then;
For oh, the sons we get
    Are still the sons of men.
The sumless tale of sorrow
    Is all unrolled in vain:
May comes to-morrow
    And Ludlow fair again.

穿过开花的果树林，
　　新朋友们纷纷去赶集，
路旁的墓地长眠亡灵，
　　其上有塔楼高高耸立。
他们与我们同思同言语，
　　纵使岁月已逝多少年；
此刻，他们发出这欢声笑语，
　　在这集市，在这五月第一天。

啊，那边的少年郎恰如
　　我们当年一般地蠢笨；
只因，啊，我们的子女
　　终归是凡人的儿孙。
那哀伤的故事一遍遍
　　徒然地讲述个不止：
禄如镇的集市呵，明天
　　又将随五月而至。

115

These, in the day when heaven was falling[*] (XXXVII)

These, in the day when heaven was falling,
  The hour when earth's foundations fled,
Followed their mercenary calling
  And took their wages and are dead.

Their shoulders held the sky suspended;
  They stood, and earth's foundations stay;
What God abandoned, these defended,
  And saved the sum of things for pay.

---

* 原诗标题为 "Epitaph on an army of Mercenaries"。

116

在苍天塌落的日子 *（XXXVII）

在苍天塌落的日子，
　　在大地崩陷的时刻，
他们受雇佣奉命出师，
　　领取军饷后将命抛舍。

他们扛起欲坠的天宇，
　　他们稳住大地的基石；
挺身捍卫了上帝所弃，
　　为军饷拯救大千人世。

---

* 原诗标题为"雇佣军的墓志铭"。

117

集外诗

More Poems

They say my verse is sad: no wonder;
    Its narrow measure spans
Tears of eternity, and sorrow,
    Not mine, but man's.

This is for all ill-treated fellows
    Unborn and unbegot,
For them to read when they're in trouble
    And I am not.

他们说我的诗是忧伤的：没错；
　　短促的韵律间盈满着
永恒的泪水，还有哀愁，
　　不是我的，是人类的。

我的诗写给尚未降临人世
　　并将饱经苦难的所有同胞，
叫他们在苦难中吟诵呵，
　　而我早已抛却了烦恼。

Stars, I have seen them fall (VII)

Stars, I have seen them fall,
  But when they drop and die
No star is lost at all
  From all the star-sown sky.
The toil of all that be
  Helps not the primal fault;
It rains into the sea,
  And still the sea is salt.

我曾见到过星子的陨逝 (VII)

我曾见到过星子的陨逝，
　　它们下坠着并敛去光芒；
而夜空依旧繁星如织，
　　并未消逝一处光亮。
劳顿奔波呵都已无奈，
　　因这大错 [1] 已酿；
纵使天雨飘洒向大海，
　　也不能冲淡这咸涩的汪洋。

---

[1] "大错"指人类在伊甸园犯下的原罪。

123

When green buds hang in the elm like dust (IX)

When green buds hang in the elm like dust
    And sprinkle the lime like rain,
Forth I wander, forth I must,
    And drink of life again.
Forth I must by hedgerow bowers
    To look at the leaves uncurled,
And stand in the fields where cuckoo-flowers
    Are lying about the world.

嫩芽儿如尘般挂满榆树的枝桠（IX）

嫩芽儿如尘般挂满榆树的枝桠，
　　又雨丝儿般地将酸橙树撒满，
我要走啦，我得远行啦，
　　去复饮那生命的杯盏。
我会在灌木的篱畔小憩，
　　看绿叶儿舒展着欢颜，
我还要在田间小伫，那里，
　　剪秋萝一直开到天边。

The farms of home lie lost in even (XIV)

The farms of home lie lost in even,
    I see far off the steeple stand;
West and away from here to heaven
    Still is the land.

There if I go no girl will greet me,
    No comrade hollo from the hill,
No dog run down the yard to meet me:
    The land is still.

The land is still by farm and steeple,
    And still for me the land may stay:
There I was friends with perished people,
    And there lie they.

家乡的田园在薄暮中隐去（XIV）

家乡的田园在薄暮中隐去，
　　　远远只望到尖塔耸立；
极目西眺向天隅，
　　　大地寂寂。

若去那里，再无少女向我问候，
　　　不再闻友伴从山上对我致意，
狗也不会欢跑出院子迎接我：
　　　寂寂大地。

寂寂大地，只有田园与尖塔为伴，
　　　对我，大地亦沉默不言：
在那里，我与逝者为伴，
　　　在那里，他们长眠。

Tarry, delight, so seldom met (XV)

Tarry, delight, so seldom met,
   So sure to perish, tarry still;
Forbear to cease or languish yet,
   Though soon you must and will.

By Sestos town, in Hero's tower,
   On Hero's heart Leander lies;
The signal torch has burned its hour
   And sputters as it dies.

Beneath him, in the nighted firth,
   Between two continents complain
The seas he swam from earth to earth
   And he must swim again.

幸福稍纵即逝，一去难再聚（XV）

幸福稍纵即逝，一去难再聚，
　　短暂的相逢，注定分离；
请忍耐，莫这般憔悴地萎去，
　　尽管你终究难以逃避。

塞斯特斯镇上，有座赫洛塔，
　　在赫洛心头，利安德安歇；[1]
火炬的信号在那时燃了一霎，
　　接着火星四散，火光寂灭。

夜色笼罩住峡湾，在他身下，
　　两片大陆间波涛震怒；
他曾来回泅渡于这片海峡，
　　如今他必须再次泅渡。

---

[1] 据希腊神话，美少年利安德（Leander）恋上塞斯特斯镇的赫洛
　（Hero），每夜泅海与其相会，赫洛则点燃灯塔为其导航。某夜风
　雨大作，利安德溺毙海中，赫洛睹其爱人尸体，悲痛欲绝，最后
　自杀。

How clear, how lovely bright (XVI)

How clear, how lovely bright,
How beautiful to sight
　　Those beams of morning play;
How heaven laughs out with glee
Where, like a bird set free,
Up from the eastern sea
　　Soars the delightful day.

To-day I shall be strong,
No more shall yield to wrong,
　　Shall squander life no more;
Days lost, I know not how,
I shall retrieve them now;
Now I shall keep the vow
　　I never kept before.

Ensanguining the skies
How heavily it dies
　　Into the west away;
Past touch and sight and sound,

多么明澈，多么欢乐（XVI）

多么明澈，多么欢乐，
多美呀，去注视着
　　　晨光在嬉戏；
老天爷乐得笑出声来，
像放归的鸟儿自由自在，
一冲天，便飞越了东海，
　　　欢乐的日子在高飞。

今天，我要变得坚强，
不再向罪恶退让，
　　　不再将时光浪掷；
我曾将多少青春空挨，
如今没法将它们找回来；
我曾起过一个空誓，现在
　　　该是时候实施。

似被鲜血拍红的天穹
若赴死一般地沉痛，
　　　它向西一路奔驰；
声寂、影灭、感觉消退，

131

Not further to be found,
How hopeless under ground
   Falls the remorseful day.

你再也不能将它寻回，
绝望地，朝大地深处飘坠
又一天懊丧的日子。

Delight it is in youth and May (XVIII)

Delight it is in youth and May
　　To see the morn arise,
And more delight to look all day
　　A lover in the eyes.
Oh maiden, let your distaff be,
And pace the flowery meads with me,
　　And I will tell you lies.

'Tis blithe to see the sunshine fail,
　　And hear the land grow still
And listen till the nightingale
　　Is heard beneath the hill.
Oh follow me where she is flown
Into the leafy woods alone,
　　And I will work you ill.

幸福莫过于青春年华五月天（XVIII）

幸福莫过于青春年华五月天
　　　去注视晨曦的降临，
更幸福的则是整日眼眸间
　　　含着你爱人的倩影。
哦，姑娘，且放下你手中的女红，
随我去踏山野里那片花木葱茏，
　　　我要用谎言将你骗哄。

欢乐莫过于看白日的消遁，
　　　听大地的声息渐偃，
注听着，直至夜莺的歌声
　　　交递于山麓与谷畔。
哦，随我来，奔赴那茂密的林地，
在那里，她倏然隐匿，
　　　而我会令你意乱神迷。

The mill-stream, now that noises cease (XIX)

The mill-stream, now that noises cease,
Is all that does not hold its peace;
Under the bridge it murmurs by,
And here are night and hell and I.

Who made the world I cannot tell;
'Tis made, and here am I in hell.
My hand, though now my knuckles bleed,
I never soiled with such a deed.

And so, no doubt, in time gone by,
Some have suffered more than I,
Who only spend the night alone
And strike my fist upon the stone.

磨坊河终日喧喧（XIX）

磨坊河终日喧喧，
此刻它的喧腾已偃；
它从桥下期期艾艾流过，
这里只余夜、冥府与我。

谁创造了世界，我不能讲述；
世界既在，而我独留冥府。
我的手，虽然指节在滴血，
但从未玷污过世间的一切。

是啊，时间就这般流过，
有人遭罪无疑比我更多，
我只是孤身将夜晚守候，
重重地将拳头砸向石头。

Like mine, the veins of these that slumber (XX)

Like mine, the veins of these that slumber
    Leapt once with dancing fires divine;
The blood of all this noteless number
    Ran red like mine.

How still, with every pulse in station,
    Frost in the founts that used to leap,
The put to death, the perished nation,
    How sound they sleep!

These too, these veins which life convulses,
    Wait but a while, shall cease to bound;
I with the ice in all my pulses
    Shall sleep as sound.

我的血管，安眠者的血管（XX）

我的血管，安眠者的血管，
　　都曾跃起过舞动的圣火；
我们的血呵，节拍狂乱，
　　若红川奔过。

多么寂静，脉搏不再跳荡，
　　奔突的泉水结起霜冰，
逼近的死亡，衰败的城邦，
　　一切睡得多安宁！

这些血管里，涌动着生命，
　　而片刻之后，便不再汹涌；
我的血管里亦冰覆霜侵，
　　我亦将沉入睡梦。

Ho, everyone that thirsteth (XXII)

Ho, everyone that thirsteth
　　And hath the price to give,
Come to the stolen waters,
　　Drink and your soul shall live.

Come to the stolen waters,
　　And leap the guarded pale,
And pull the flower in season
　　Before desire shall fail.

It shall not last for ever,
　　No more than earth and skies;
But he that drinks in season
　　Shall live before he dies.

June suns, you cannot store them
　　To warm the winter's cold,
The lad that hopes for heaven
　　Shall fill his mouth with mould.

哦，谁要是口渴了（XXII）

哦，谁要是口渴了
　　且付得起代价，
就来喝这碗偷来的水，
　　拯救你的灵魂吧。

快来喝这碗偷来的水吧，
　　快翻越戒守着的篱笆，
不要空等到梦想凋落，
　　快去采摘盛开的鲜花。

没有一朵鲜花永不凋谢，
　　只有地能久，天能长；
但及时地喝上一口吧，
　　这样总不至于速亡。

六月的阳光，不能储存
　　以温暖严冬的寒酷，
那渴望天国的少年呵，
　　到头来不过满嘴尘土。

Crossing alone the nighted ferry (XXIII)

Crossing alone the nighted ferry
   With the one coin for fee,
Whom, on the wharf of Lethe waiting,
   Count you to find? Not me.

The brisk fond lackey to fetch and carry,
   The true, sick-hearted slave,
Expect him not in the just city
   And free land of the grave.

只身从夜的渡口穿过 (XXIII)

付一个铜钱作船费，
　　只身从夜的渡口穿过，
谁，等在忘川的码头，
　　你能否找见？那人不是我。[1]

是那位欢快而慈祥的侍从，
　　来接走那诚实而哀伤的奴仆，
你别期望再找他，在正义的天国，
　　也别指望再见他，在自由的墓地。

---

[1] 据希腊神话，死者需在夜的渡口摆渡，过冥府，渡忘川，而至极
乐世界。摆渡的死者需向冥府渡神付一个铜钱作船费。

Stone, steel, dominions pass (XXIV)

Stone, steel, dominions pass,
    Faith too, no wonder;
So leave alone the grass
    That I am under.

All knots that lovers tie
    Are tied to sever;
Here shall your sweetheart lie,
    Untrue for ever.

铁熔，石烂，江山有尽（XXIV）

江山有尽，石烂，铁熔，
　　忠贞的爱情，亦不能幸免于难；
那么，就任墓草枯荣，
　　我在墓中长眠。

情人们打起的结啊，
　　终有一天要剪断；
这里躺着你心爱的人儿，
　　一颗心永远对你欺瞒。

Because I liked you better (XXXI)

Because I liked you better
    Than suits a man to say,
It irked you, and I promised
    To throw the thought away.

To put the world between us
    We parted, stiff and dry;
'Good-bye, ' said you, 'forget me.'
    'I will, no fear, 'said I.

If here, where clover whitens
    The dead man's knoll, you pass,
And no tall flower to meet you
    Starts in the trefoiled grass,

Halt by the headstone naming
    The heart no longer stirred,
And say the lad that loved you
    Was one that kept his word.

因为我如此爱你（XXXI）

因为我如此爱你，
　　爱得怎样倾诉都不够，
这惹恼了你，我答应
　　一定将这念头攥走。

你我挥别，从此天各一方，
　　我们未曾流泪，神情落寞；
"再见，"你说，"忘了我。"
　　"放心吧，一定，"我说。

若你打那儿经过，会看见
　　三叶草白茫茫覆盖着坟丘，
三叶草丛中，没有一枝花儿
　　会惊诧地向你起身问候。

在那墓碑旁停下脚步吧，
　　那里有颗心，不再悸动，
说吧，那位深爱过你的少年，
　　最终没有将他的誓言落空。

147

On forelands high in heaven (XXXIII)

On forelands high in heaven,
  'Tis many a year gone by,
Amidst the fall of even
  Would stand my friends and I.
Before our foolish faces
  Lay lands we did not see;
Our eyes were in the places
  Where we should never be.

'Oh, the pearl seas are yonder,
  The gold and amber shore;
Shires where the girls are fonder,
  Towns where the pots hold more.
And here fret we and moulder
  By grange and rick and shed
And every moon are older,
  And soon we shall be dead.'

Heigho, 'twas true and pity;
  But there we lads must stay.

在那天涯的一隅（XXXIII）

在那天涯的一隅，
　　　　多少岁月流逝而过；
在瞑色四合之域，
　　　　站着我的朋友们和我。
有只无形的手遮住了
　　　　我们愚蠢的脸庞；
我们的眼眸凝视着
　　　　那永远到不了的地方。

"哦，珍珠海就在那边，
　　　　金色的琥珀的海岸；
那儿郡上的姑娘更娇艳，
　　　　镇上的酒杯琼浆更满。
在此，傍着农庄、草垛与茅舍，
　　　　我们在渐渐朽去，
我们月复一月地老着，
　　　　我们不久将会死去。"

唉，现实总不免令人惋惜；
　　　　我们少年得留守家园。

149

Troy was a steepled city,
   But Troy was far away.
And round we turned lamenting
   To homes we longed to leave,
And silent hills indenting
   The orange band of eve.

I see the air benighted
   And all the dusking dales,
And lamps in England lighted,
   And evening wrecked on Wales;
And starry darkness paces
   The road from sea to sea,
And blots the foolish faces
   Of my poor friends and me.

那特洛伊城，高塔林立，
　　　而它却离家如此遥远。
于是我们转身，悲叹一声，
　　　回到我们渴望远离的家园，
静穆的群山起伏翻腾，
　　　在橘色残照里铺展绵延。

我看见暝色四合，
　　　山谷里暮色降落，
英格兰灯光四射，
　　　黄昏在威尔士沉没；
星光点点的夜幕踱着步子，
　　　缓缓遮过了这片汪洋，
接着便渐渐吞噬
　　　我和可怜朋友们傻傻的脸庞。

Here dead lie we because we did not choose (XXXVI)

Here dead lie we because we did not choose
    To live and shame the land from which we sprung.
Life, to be sure, is nothing much to lose;
    But young men think it is, and we were young.

在这儿我们安息了，因不愿苟活（XXXVI）

在这儿我们安息了，因不愿苟活，
　　叫生养我们的土地蒙羞。
生命中，堪错过的委实不多，
　　可少年不知，而你我皆曾年幼。

I did not lose my heart in summer's even (XXXVII)

I did not lose my heart in summer's even,
    When roses to the moonrise burst apart:
When plumes were under heel and lead was flying,
    In blood and smoke and flame I lost my heart.

I lost it to a soldier and a foeman,
    A chap that did not kill me, but he tried;
That took the sabre straight and took it striking
    And laughed and kissed his hand to me and died.

我没有将心儿丢失，在夏日晚上（XXXVII）

我没有将心儿丢失，在夏日晚上，
　　当玫瑰向月色初绽之时：
当头盔的羽毛飘落踵边，铅弹飞翔，
　　在血与烟与火中，我却将心儿丢失。

我的心让一名士兵攫去，他也是我的仇敌，
　　那家伙试图杀我，可我的命没让他轻取；
他手持一柄直刃，遽然一刺，
　　朝我大笑，飞吻，然后死去。

He looked at me with eyes I thought (XLI)

He looked at me with eyes I thought
    I was not like to find,
The voice he begged for pence with brought
    Another man to mind.

Oh no, lad, never touch your cap;
    It is not my half-crown:
You have it from a better chap
    That long ago lay down.

Turn east and over Thames to Kent
    And come to the sea's brim,
And find his everlasting tent
    And touch your cap to him.

他瞧着我，那种眼神（XLI）

他瞧着我，那种眼神
　　我再也不想撞见，
听他乞讨便士的声音，
　　我脑中有另一个人浮现。

哦，不，孩子，别轻触帽檐致谢；
　　这半克朗不是我施舍的铜钱：
你得自一位更善良的少年，
　　他多年前已经安眠。

往东去，渡过泰晤士河到肯特[1]，
　　一直来到海边，
去那里找他冥居的幽宅，
　　再向他致谢，轻触一下帽檐。

---

[1] 肯特：英国东南部的一个郡。

157

Far known to sea and shore (XLIV)

Far known to sea and shore,
  Foursquare and founded well,
A thousand years it bore,
  And then the belfry fell.
    The steersman of Triest
    Looked where his mark should be,
    But empty was the west
    And Venice under sea.

From dusty wreck dispersed
  Its stature mounts amain;
On surer foot than first
  The belfry stands again.
    At to-fall of the day
    Again its curfew tolls
    And burdens far away
    The green and sanguine shoals.

它的声名远播海外（XLIV）

它的声名远播海外，
　　如此威武凛然地屹立，
历经千年的风吹日晒，
　　后来，这钟塔终于倾圮。
　　　　德里雅斯特港[1] 的舵手
　　　　向昔日钟塔屹立处眺望，
　　　　而今的西边空无所有，
　　　　威尼斯在海底静静安躺。

从四散的尘封的废墟，
　　它伟岸的身姿遽然挺立；
钟塔呵，它再次耸立于
　　比昔日更牢固的根基。
　　　　又闻晚钟声声，
　　　　响彻向晚的天际，
　　　　一声比一声深沉，
　　　　向红绿相间的浅滩沉去。

---

[1] 德里雅斯特港：位于意大利东北部。下文的利多海港亦在此位置。

159

It looks to north and south,
　　It looks to east and west;
It guides to Lido mouth
　　The steersman of Triest.
　　　Andrea, fare you well;
　　　Venice, farewell to thee.
　　　The tower that stood and fell
　　　Is not rebuilt in me.

向东、南、向西、北，
  钟塔向四域眺望；
它指引德里雅斯特港舵手
  驶向利多海港。
      别了，安德里亚[1]；
      别了，威尼斯。
      那曾挺立又倾圮的高塔，
      已永不会在我心头筑起。

---

[1] 安德里亚：贡多拉船夫，为作者在威尼斯时的好友。

Hearken, landsmen, hearken, seamen[*] (XLVI)

Hearken, landsmen, hearken, seamen,
   to the tale of grief and me,
Looking from the land of Biscay
   on the waters of the sea.

Looking from the land of Biscay
   over Ocean to the sky
On the far-beholding foreland
   paced at even grief and I.
There, as warm the west was burning
   and the east uncoloured cold,
Down the waterway of sunset
   drove to shore a ship of gold.
Gold of mast and gold of cordage,
   gold of sail to sight was she,
And she glassed her ensign golden

---

[*] 原诗标题为 "The Land of Biscay"。

听吧，陆地上的，海上的，
我的同胞啊 *（XLVI）

听吧，陆地上的，海上的，我的同胞啊，
　　听听忧伤的故事，和我的故事，
从比斯开湾 [1] 之岸向远方眺望，
　　那是一片苍茫的海域。

从比斯开湾之岸向远方眺望，
　　从海面望向天穹，
在极目才能望见的海角，
　　忧伤与我漫步在黄昏中。
那里，西天的暮云烧着，
　　而东方冰冷惨淡，
落日隐去的那片海域上，
　　向岸，驶来一叶金帆。
在眼前闪耀的，是金色的桅杆，
　　金色的船帆，与金色的索具，
船上的旗帜金灿灿，倒映在

---

* 原诗标题为"比斯开湾之岸"。

[1] 比斯开湾：大西洋一海湾，位于法国西海岸和西班牙北海岸之间，
　　略呈三角形。

in the waters of the sea.

Oh, said I, my friend and lover,
   take we now that ship and sail
Outward in the ebb of hues and
   steer upon the sunset trail;
Leave the night to fall behind us
   and the clouding counties leave:
Help for you and me is yonder,
   in a haven west of eve.

Under hill she neared the harbour,
   till the gazer could behold
On the golden deck the steersman
   standing at the helm of gold,
Man and ship and sky and water
   burning in a single flame;
And the mariner of Ocean,
   he was calling as he came:
From the highway of the sunset

这片苍茫的海域。

喂，我说道，我的朋友，我的爱人，
　　让我俩现在就起航，
趁着苍茫的夜色，
　　驶向太阳隐落的地方；
让黑夜在我们身后落幕，
　　离开那密云缭绕着的国度：
你我在遥遥的海上飘荡，
　　去西天，在夜的港湾寻找归宿。

在山麓，船缓缓驶近港湾，
　　直至岸上的人注视到
金色甲板上的舵手，正掌着
　　金色的舵，迎着波涛，
人、船、天、水，
　　在一束孤独的火焰里燃烧；
有那么一位水手，
　　他奔随了一路的夕照，
他的呐喊飘荡在海上，

he was shouting on the sea,
'Landsman of the land of Biscay,
   have you help for grief and me?'

When I heard I did not answer,
   I stood mute and shook my head:
Son of earth and son of Ocean,
   much we thought and nothing said.
Grief and I abode the nightfall,
   to the sunset grief and he
Turned them from the land of Biscay
   on the waters of the sea.

他一路来一路叫嚷：
"比斯开湾岸上的人哪，
　　你们有谁能安抚我的忧伤？"

当我听见这呐喊，我没有回答，
　　我站着摇摇头，陷入沉默：
大地之子和海洋之子呵，
　　我们想得太多，却什么也不说。
忧伤和我，苦苦等候着黄昏，
　　而忧伤和他，离开了比斯开湾之岸，
去到那片苍茫的海域，
　　那里天色已向晚。

Good—night; ensured release* (XLVIII)

Good-night; ensured release,
Imperishable peace,
   Have these for yours,
While sea abides, and land,
And earth's foundations stand,
   And heaven endures.

When earth's foundations flee,
Nor sky nor land nor sea
   At all is found,
Content you, let them burn:
It is not your concern;
   Sleep on, sleep sound.

---

* 原诗标题为 "Parta Quies"。

晚安吧；释然的心情 *（XLVIII）

晚安吧；释然的心情，
永远的宁静，
  愿你拥有这一切，
当海依然是海，大地，
及我们的星球依然如昔，
  不变的还有那天界。

而当这星球分崩离析，
一切都将消逝：
  海枯、天塌、地陷，
就这样吧，让它们燃烧：
你别再庸人自扰；
  继续睡吧，好好安眠。

---

* 原诗标题为"获得的平静"，标题原文为拉丁文。

诗补编

Additional Poems

Oh were he and I together (II)

Oh were he and I together,
  Shipmates on the fleeted main,
Sailing through the summer weather
  To the spoil of France or Spain.

Oh were he and I together,
  Locking hands and taking leave,
Low upon the trampled heather
  In the battle lost at eve.

Now are he and I asunder
  And asunder to remain;
Kingdoms are for others' plunder,
  And content for other slain.

哦，他和我，我俩曾一起（II）

哦，他和我，我俩曾一起，
　　驾船搏击狂涛怒波，
航行了整整一个夏季，
　　去劫掠西班牙或是法国。

哦，他和我，我俩曾一同，
　　双手紧扣双手去远征，
曾匍匐在被践踏的石南花丛，
　　在那场黄昏时落败的战争。

如今呵，他与我早已分别，
　　我俩彼此天各一方；
所有王国，终会受他邦劫掠，
　　请别再为献身的勇士心伤。

173

When Adam walked in Eden young (III)

When Adam walked in Eden young,
  Happy, 'tis writ, was he,
While high the fruit of knowledge hung
  Unbitten on the tree.

Happy was he the livelong day;
  I doubt' tis written wrong:
The heart of man, for all they say,
  Was never happy long.

And now my feet are tired of rest,
  And here they will not stay,
And the soul fevers in my breast
  And aches to be away.

那时亚当正年轻，在伊甸园优游（Ⅲ）

那时亚当正年轻，在伊甸园优游，
    他是如此幸福，书上说，
那时智慧之果还高挂在枝头，
    尚没有被人类的嘴咬过。

他一整日都那么幸福；
    我怀疑书上说的是否属实：
人类的心呵，虽然他们那样讲诉，
    从不会幸福一生一世。

而今，我的双脚已厌倦停驻，
    步履将不再停留这个地方，
灵魂在我胸膛里烧得正苦，
    它渴望着要去游走他乡。

诗补编

175

It is no gift I tender (IV)

It is no gift I tender,
   A loan is all I can;
But do not scorn the lender;
   Man gets no more from man.

Oh, mortal man may borrow
   What mortal man can lend;
And'twill not end to-morrow,
   Though sure enough' twill end.

If death and time are stronger,
   A love may yet be strong;
The world will last for longer,
   But this will last for long.

我不能给予你任何馈赠 (IV)

我不能给予你任何馈赠，
　　　　只能借给你一笔贷款；
请别对放债人冷嘲热讽，
　　　　既然你欠下的总归要还。

哦，凡人呵只能去借
　　　　凡人能放出的贷；
这账虽不会明天就结，
　　　　但总归你不可能赖。

若岁月和死亡更坚强，
　　　　爱情也并非屡屡；
若这世界还不至于速亡，
　　　　爱情也将会绵延。

177

When the bells justle in the tower (IX)

When the bells justle in the tower
   The hollow night amid,
Then on my tongue the taste is sour
   Of all I ever did.

每当钟楼的钟声回荡于 (IX)

每当钟楼的钟声回荡于
　　空寂的夜色，
往事的况味便在我舌尖积聚，
　　如此酸涩。

Morning up the eastern stair* (XI)

Morning up the eastern stair
Marches, azuring the air,
And the foot of twilight still
Is stolen toward the western sill.
Blithe the maids go milking, blithe
Men in hayfields stone the scythe;
All the land's alive around
Except the churchyard's idle ground.
There's empty acres west and east
But aye 'tis God's that bears the least:
This hopeless garden that they sow
With the seeds that never grow.

---

* 原诗标题为 "God's Acre"。

晨曦攀爬着东方的阶梯 *（XI）

晨曦攀爬着东方的阶梯，
渐渐，蔚蓝铺展在天际，
而寂寂的黄昏的步履
朝向西窗台，蹑足而去。
快乐的姑娘去挤奶，快乐的小伙，
在秣草地，磨着镰刀霍霍；
四周的大地勃发着生机，
唯有教堂的墓地如此幽寂。
多少芜地入眼帘，在东眺西望之际，
而最歉收的，永远是上帝的土地：
这是一座花园，充满绝望，
播撒下的种子从不发芽生长。

---

* 原诗标题为"上帝的土地"。

Stay, if you list, O passer by the way[*] (XII)

Stay, if you list, O passer by the way;
Yet night approaches; better not to stay.
   I never sigh, nor flush, nor knit the brow,
   Nor grieve to think how ill God made me, now.
Here, with one balm for many fevers found,
Whole of an ancient evil, I sleep sound.

---

[*]　原诗标题为 "An Epitaph"。

请留步呵，路人，若您愿在路旁小伫 *（XII）

请留步呵，路人，若您愿在路旁小伫；
而黑夜正在逼近，您最好加紧赶路。

    我从不唉声叹气，不绯红起脸，不紧锁起眉，

    也不心情沉郁地，埋怨上帝对我的所作所为。

在这里，所有的狂热与古老的罪愆，

都将药到病除，我得以安眠。

诗补编

---

* 原诗标题为"墓志铭"。

Oh turn not in from marching (XIII)

Oh turn not in from marching
   To taverns on the way.
The drought and thirst and parching
   A little dust will lay,
   And take desire away.

Oh waste no words a-wooing
   The soft sleep to your bed;
She is not worth pursuing,
   You will so soon be dead;
   And death will serve instead.

哦，莫要投宿客栈（XⅢ）

哦，莫要投宿客栈，
　　当你在旅行的中途。
不论唇焦或是口干，
　　掬一小把尘土，
　　便能将欲望淹覆。

哦，莫再费口舌乞求
　　轻柔的睡梦来到你床边；
她不值得你去追求，
　　你很快将抛却尘寰；
　　死神将把你接管。

185

Oh is it the jar of nations (XIV)

'Oh is it the jar of nations,
  The noise of a world run mad,
The fleeing of earth's foundations?'
  Yes, yes; lie quiet, my lad.

'Oh is it my country calling,
  And whom will my country find
To shore up the sky from falling?'
  My business; never you mind.

'Oh is it the newsboys crying
  Lost battle, retreat, despair,
And honour and England dying?'
  Well, fighting-cock, what if it were?

The devil this side of the darnels
  Is having a dance with man,
And quarrelsome chaps in charnels
  Must bear it as best they can.

哦，这是民族间斗争的呐喊（XIV）

"哦，这是民族间斗争的呐喊，
  还是疯狂的世界中的吵嚷，
难道是大地的根基被摇撼？"
  是呵，是呵；我的少年，请你安躺。

"哦，是否我的祖国正在召唤
  这样一位勇士，他的双肩
能支起这片苍穹，不让它塌陷？"
  就让我来吧；你不要管。

"哦，是否报童们正在哭喊，
  为那落败的战争、绝望，及退避，
为那荣耀，还有垂死的英格兰？"
  喂，勇士，这有啥大不了的关系？

魔鬼与人类，在毒麦地的这边
  正蹁跹起舞，舞步悠悠，
停尸房里爱争吵的少年，
  可要用尽全力去忍受。

187

'Tis five years since, 'An end, ' said I (XV)

'Tis five years since, 'An end, ' said I;
'I'll march no further, time to die.
All's lost; no worse has heaven to give.'
Worse it has given, and yet I live.

I shall not die to-day, no fear:
I shall live yet for many a year,
And see worse ills and worse again,
And die of age and not of pain.

When God would rear from earth aloof
The blue height of the hollow roof,
He sought him pillars sure and strong
And ere he found them sought them long.

The stark steel splintered from the thrust,
The basalt mountain sprang to dust,
The blazing pier of diamond flawed
In shards of rainbow all abroad.

自"一切告终"，五载光阴已逝（XV）

自"一切告终"，五载光阴已逝；
我说："我不再前行了，大限已至。
一切皆丧失；上天降下了最大灾害。"
他一贯降灾于我，而我却活了下来。

我不会在今日赴死，我毫无惧色：
我会活下去，一年又一年地活着，
目睹着不幸的一切变得更加不幸，
最后，我会无疾而终，寿终正寝。

当上帝在空漠而孤寂的大地
要将碧蓝而高阔的穹顶支起，
他曾踏遍千山万水找寻，
才找得，坚实的立柱凌云。

那脆硬的钢锥，经不起一刺便成碎片，
玄武岩山脉跃起，接着便化为灰烟，
那耀眼的、镶嵌钻石的方柱崩裂，
残片若碎虹一般，撒满了整个世界。

What found he, that the heavens stand fast?
What pillar proven firm at last
Bears up so light that world-seen span?
The heart of man, the heart of man.

他找到了什么，使天穹如此稳固？
是什么样的柱子，最终牢牢支住
那一望无际的苍穹，如此轻盈？
是人类的心灵呵，是人类的心灵。

In battles of no renown* (XIX)

In battles of no renown
My fellows and I fell down,
And over the dead men roar
The battles they lost before.

The thunderstruck flagstaffs fall,
The earthquake breaches the wall,
The far-felled steeples resound,
And we lie under the ground.

Oh, soldiers, saluted afar
By them that had seen your star,
In conquest and freedom and pride
Remember your friends that died.

Amid rejoicing and song

---

* 原诗标题为 "The Defeated"。

在那些鲜为人知的战役 *（XIX）

在那些鲜为人知的战役，
我与战友们将生命捐弃；
往昔落败的战争皆成怒吼，
朝阵亡的战士们呼啸而过。

闪电劈折了旗杆，
地震撕裂了墙垣，
远处倾圮的塔荡出回响，
而我们已在地底下安躺。

哦，战士们，他们灿若晨星，
多少仰慕者向他们遥遥致敬；
当获得了胜利、荣名与自由，
请莫要忘记你们阵亡的战友。

在欢歌笑语与纵情欢乐之时，

---

* 原诗标题为"战败者"。

Remember, my lads, how long,
How deep the innocent trod
The grapes of the anger of God.

我的少年呵，你们一定要牢记
那些纯洁的无辜者，他们曾
踏着上帝愤怒的葡萄，前行。[1]

[1]《新约·约翰福音》第15章中记载了耶稣对民众布道："我是真葡萄树，我父是栽培的人。凡属我不结果子的枝子，他就剪去，凡结果子的，他就修理干净，使枝子结果更多。"

Home is the sailor, home from sea* (XXII)

Home is the sailor, home from sea:
  Her far-borne canvas furled
The ship pours shining on the quay
  The plunder of the world.

Home is the hunter from the hill:
  Fast in the boundless snare
All flesh lies taken at his will
  And every fowl of air.

'Tis evening on the moorland free,
  The starlit wave is still:
Home is the sailor from the sea,
  The hunter from the hill.

---

* 原诗标题为 "R.L.S."。

水手回家了，从海上归来 *（XXII）

水手回家了，从海上归来：
　　曾远航四海的帆儿收起，
劫掠自四方的货物卸载，
　　在码头亮闪闪堆集。

猎人回家了，自山林归来：
　　从没有飞鸟走兽的踪影
能逃过他的眼睛，当他撒开
　　漫天的网，设下漫山的陷阱。

夜幕下的荒原是如此苍茫，
　　星辉下的波浪呵如此寂静：
水手回家了，归来自海上，
　　猎人回家了，归来自山林。

---

* 原诗标题为"R. L. S."。R. L. S. 是英国诗人、小说家罗伯特·路
　易斯·史蒂文森（Robert Louis Stevenson）姓名的缩写。豪斯曼写
　这首诗是为了向史蒂文森致敬。该诗末两行脱胎于史蒂文森《安
　魂曲》一诗的末两行，《安魂曲》后来被史蒂文森用作墓志铭。

附录

读解豪斯曼

围绕豪斯曼的一首诗 *

理查德·威尔伯　著

王敖　译

　　1944年春天，我所在的师从战斗中撤出，并被派遣到离那不勒斯不远的地方休整。我们搭起帐篷，刷白搭帐篷的桩子，把装备清洗擦亮，而且基本上恢复了驻军的纪律，之后我们被允许做一些临时的短途旅行。每一队士兵装够一卡车，去的都是附近的旅游景点。给我留下印象最深的是去庞培的旅行。在我们访问的当天，维苏威火山正经历几十年来最猛烈的喷发，这也是那次旅行让我至今记忆犹新的原因之一。一辆六乘六卡车带我们穿越白色粉尘的蒙蒙细雨抵达庞培，停在铺着一层火山灰的广场上。有些士兵并不关心考古，他们直接去了酒吧和其他现代城市里寻欢作乐的地方，但剩下来的人觉得至少应该先去看一下古城废墟。我们找到一个逃难的希腊妇女当向导，她带我们去参观比较重要的出土废墟，

---

* 本文原是美国当代诗人理查德·威尔伯（Richard Wilbur）1961年在约翰·霍普金斯大学诗歌节上发表的演讲，后收入文集《回应散文作品，1953—1976》（*Responses : Prose Pieces, 1953—1976*, New York: Harcourt Brace Jovanovich, 1976）。

指给我们看一些壁画，翻译铭文并介绍了排水系统。到达"希腊广场"的时候，天色突然转晴，落下的尘土越来越厚，她吓得扔下我们，自顾自走了。

我们自己返回现代的城市，在一个酒吧里靠窗坐下来，以便能看到我们的卡车返回。这时候，满街的本地人正从这个地方撤出，他们背着笨重的难民行李艰难地走在灰土里。端着一杯白兰地坐在酒吧里观看此情此景，我们觉得这很像"傻瓜开心"纸牌游戏的最后一个场面。我们开了一些玩笑，比如我们最好坐直了，而且要看上去很聪明，因为我们也许要很多世纪都保持这个姿势。一个书生气的士兵说，他觉得自己从来没和老普林尼*这么接近过。

还没等我们从这个让人紧张的幽默中回过神来，卡车已经回来了，分散到各处的士兵们纷纷从当地的酒吧和下等酒馆里走出来，或者被救出来。翻过卡车的后挡板，我们大多数人都拿出战利品或纪念品来展示炫耀一番：有人拎出一瓶马萨拉酒，有人则拿出一瓶格拉帕酒；有人取出一册古城废墟的彩色风景照，有人则从胸前的口袋里掏出一盒法国明信片，本来大家还以为那会是一部防弹的圣经。接下来的是那不勒斯的贝雕，意大利腊肠，还有标有"意大利留念"的真丝垫子。当所有的东西都展示和估价完毕，一个微醉的士兵从他坐的长椅上

---

*老普林尼指盖乌斯·普林尼·塞孔都斯（Gaius Plinius secundus，23—79），古代罗马百科全书式作家，以其所著《自然史》一书著称。公元79年，死于维苏威火山大爆发中。

侧过身来说："好啦，小伙子们，现在你们看看这个东西。"他伸出手，张开拳头，立在他手掌上的是著名的母狼哺育罗慕路斯和雷莫斯的雕塑精致的小复制品。"这个怎么样？"他说，"伙计，这难道不是你见过的最他妈下流的雕像吗？"

我讲这些并不是为了嘲笑那个信口开河的士兵。他以前在得克萨斯东部是个好农夫，后来在意大利也是个好兵。他的谈吐比我们通常听到的文化人的议论带有更多的活力、节奏感和发明创造（或者说诗歌）。我觉得他作为一个人而言并不比那个碰巧知道老普林尼死于维苏威火山爆发的士兵低一等。我讲这个故事是因为，在我们这个充满希望的民主社会里，公共义务教育系统里充斥着最没希望的内容，所以我们必须提醒自己，欣赏艺术的公众的规模并不像整个人口，甚至是选举人口那么大。任何一位诗人都会觉得在诗里提到罗慕路斯、雷莫斯和狼是很正常的——很难找到一个比这更让人放心的、更滥熟的古典文学的典故，但仍然有成千上万的美国人并不明白它的背景，看到圣殿之狼的时候，他们真会误以为那是下流的雕塑。不管辩论家们在什么时候又乱弹惠特曼的调子，并要求有一种既严肃又能被所有人理解的诗歌，我们都必须坚决地记住这一点。

最近，一位年轻的日本女士告诉我一种她和朋友经常玩的室内游戏：把俳句里的片段写在纸条上，再把纸条放到一个盒子里，然后随机读出一个片段并凭记忆去补齐这首十七个音节的诗。当有文化的日本年轻人玩这样的游戏，他们凭借的是对有超过七百年历史的庞大的俳句文学传统的稔熟。比如说，梅花的意象在俳句文学里俯拾即是，如果要看出一个写梅花的片段的独特之处，一个人必须既要对这个主题在整个日本文学中的历史有相当的把握，又要熟谙属于俳句传统及其伟大实践者们的遣词规范、暗示的策略和情感的模式。毫无疑问，任何一位写俳句的日本现代诗人都会期待他的最佳读者能领会到他每一处对传统的回应，以及变化和细节。

美国诗人和他们的读者并没有这样一个独特、微妙和狭窄的传统，这既是好事也是坏事。我们的文化和文学传统比日本人的更悠久，也更有包容性，但它却远不如日本人的传统那样决定人们的生活，而且它会经受永久性的修正。一位准备给大学新生讲授人文课的教授会挠着头怀疑圣奥古斯丁的历史观是否跟我们的风马牛不相及。有的批评家会断定当今我们对过去的意识绕不开弥尔顿和雪莱，有的批评家却发现我们诗歌传统的主流是蒲柏那一派。类似的，我们的诗人对何为传统有着变化的、针锋相对的观念，这导致实践上的经常的更新、修正和对各种传统成规的融合。这种状况的好处在于，我们的诗歌并非严守传统而不去适应现代生活的到来；现代诗是一种适应性很强的机器，可以用任何一种燃料来运转。而明显的坏处在于，我们对文学传统的不稳定的感觉，以及我们分崩离析的传统成规的多样性，都让不是诗歌行家的受过教育的人很难成为圆通的诗歌读者。

　　一个圆通的读者不但知道诗的内容，而且知道这些内容背后的意义。在今年春季的一期《新共和》（*New Republic*）杂志里，一位通讯作者伤感地讲述了他让一班工程师学生们读一首诗的故事，那是奥格登·纳什（Ogden Nash）的一首有名的四行诗：

　　　　糖块儿

　　　　很像样儿

　　　　但酒水

　　　　快一腿儿。

　　　　Candy

　　　　Is dandy

　　　　But liquor

　　　　Is quicker.

　　记得那篇文章说，在一群学生里只有一个人看出了这首诗的幽默，其他人要么没有任何反应，要么把它看作一首关于肥胖、血糖之类的东西的劝谕诗。诚然，由于对智巧的严肃性的重新发现，如今诗人们更多地模糊了轻体诗和严肃诗歌的区别。想想罗伯特·弗罗斯特可以表现得多么轻快，即使是在他很严肃的诗里；再想想菲里斯·麦克金利[*]有多少次进入了严肃的领域。可是，板着脸来读纳什这首诗仍是驾驭阅读时的彻底失败。短短的叮当作响的诗行，本身就有喜剧色彩的韵，以及方言的用词——这些特点加在一起，要求我们把这首诗归于轻体诗的传统。这首诗在传统手法上明白无误，让我们对其语调有确切的把握。当我们知道它的音调，我们也就能断定它的主题：纳什先生写的是勾引的策略，美国人处理这个题目会含蓄一些；这个主题并没有被直接说出来，这种做法相当于对读者眨眼睛和使用肢体语言。

即使在主题被明确说出的诗里，在被说出的内容和它们的意义之间仍然有巨大的差别，我将用一个简短的例子证明这一点。有一首迷人的流行歌，名叫《它只是一个纸月亮》，开头的几行歌词是：

> 哦，它只是一个纸月亮
> 在纸板的海洋上航行
> 但它不会是假的
> 如果你相信我的话。

现在我要把这几行和马修·阿诺德《多佛海滩》里的一段并列在一起。这首诗的开篇，想必大家都很熟悉：

---

[*] 菲里斯·麦克金利（Phyllis McGinley，1905—1978），美国女诗人和儿童文学作家。

今夜，大海平静

潮水涨满，月亮美妙地

挂在海峡上空…

这首诗后来进入到高潮的段落：

啊，爱人，让我们

真诚相待！因为我们面前的

世界，就像梦幻的国度，

那么多样，那么美丽，那么新鲜，

但却没有快乐，没有爱，没有光，

没有确信，没有和平，也没有对痛苦的

救助……

我的建议是，可以造一个长句来表达《它只是一个纸月亮》和《多佛海滩》这两个段落的意思。可以这样说："爱人祈求被爱者忠于他，就这样他通过人与人的爱减轻了他面对现代世界的无意义时感到的痛苦，而月亮虚假的美象征的正是这种无意义。"显然，我这样做无异于诽谤；但是我希望大家能同意它确实证明了一些东西：如果我们只考虑主旨，并且用释义的破坏性的工具来读它们，那么一首活泼的流行歌和一首具有悲剧色彩的诗会变得没有区别。从这个例子里我们可以看出，诗的意义在多大的程度上取决于它的音响、速度、辞藻、文学典故和传统惯例——理解所有这些都需要圆通的技巧。

　　我最喜欢的豪斯曼（A.E.Housman）的诗之一是《一支雇佣军的墓志铭》*。它带来的问题有助于我们解释何谓"圆通"，所以我想讨论它。让我先用很单调的方式读它，通过不加重音强调，我想强调的是，在某些地方为选择语调而做出重要的决定是多么必要：

　　　　这些人，在天塌的日子，

　　　　　　在大地的根基逃走之时，

　　　　从事他们受雇佣的职业，

　　　　　　拿走了报酬，现已毁灭。

　　　　他们的肩膀，托起了天幕

　　　　　　他们站立，大地的根基留住；

　　　　上帝放弃的，他们去守护，

　　　　　　拯救全数的造物，为了收入。

These, in the day when heaven was falling,

---

*参见《诗末编·在苍天塌落的日子（XXXVII）》。

The hour when earth's foundations fled,

Followed their mercenary calling

And took their wages and are dead.

Their shoulders held thesky suspended;

They stood, and earth's foundations stay;

What God abandoned, these defended,

And saved the sum of things for pay.

也许读者要做的最主要的判断是怎么读最后的几个字，"为了收入"。它们应该用一种疲惫的拖腔去读吗？它们应该用一种肯定和确信的语调去读吗？或者，它们应该语带挑衅吗，仿佛在说"他们当然不是为钱，你以为呢？"两三年前，我碰巧跟一位杰出而且一贯正确的作家提到这首让他很反感的诗，他认为那不过是些简单而且彻头彻尾的玩世不恭，除了技巧高超，它比斯蒂芬·克兰（Stephen Crane）悲观幼稚的作品好不了多少。对他来说，这首诗的主旨是："这是多么丑恶的世界，我们称之为文明的东西居然要用可怜的雇佣兵的血来保存。"带着彻底的嘲讽，他这样读最后一行：

拯救全数的造物，为了收入。

我无法接受这样的读法，但当时我并没有准备好去和他争论。我不断地用自己的方式在回家的路上，在开车或等火车的时候读豪斯曼的这些诗句。后来有一天，我偶然读到了克林斯·布鲁克斯（Cleanth Brooks）的一篇精彩的文章，文中支持我对这首诗的理解，而且布鲁克斯在意义和语调的分析上远比我能做的要出色。布鲁克斯把豪斯曼的西罗普郡少年们（很多都是军人）与海明威笔下的英雄相比，他们的舍生忘死不是来自一种高扬的理想主义，而是来自坚忍自制的勇气和对某些个人或职业的信念的承诺。从这个角度来看，豪斯曼并非用玩世不恭的态度去写雇佣兵（也就是职业军人）；相反，他赞美他们致力于自己的事业而且不唱任何高调。如果这样来理解，我们就不难找到读这首诗需要什么样的重读和语调：

> 这些人，在天塌的日子，
>
> 　　在大地的根基逃走之时，
>
> 从事他们受雇佣的职业，
>
> 　　拿走了报酬，现已毁灭。
>
>
> 他们的肩膀，托起了天幕；
>
> 　　他们站立，大地的根基留住；
>
> 上帝放弃的，他们去守护，

拯救全数的造物，为了收入。

这是我的读法，我想布鲁克斯先生也会同意。现在让我们假设那位大作家并不满意，他坚持认为这完全是首玩世不恭的诗。他会说："布鲁克斯先生的诠释非常强力而且有效，大大地减少了这首诗廉价的讽刺；但不幸的是，布鲁克斯先生这不是在批评而是在望文生义，这首诗实际上就是我说的那样。"我可以大胆地提出很多说法与他争辩，其中之一是：豪斯曼是一位伟大的古典学者，他应该对军人墓志铭的传统非常熟悉。事实上，这首诗的题目把我们引向西蒙尼德斯，引向他为战死在塞莫比莱的斯巴达人或死在地峡里的雅典人所写的墓志铭。那些诗的特点是赞美，豪斯曼这首诗也一样，而且它的声音和诗句的进展与这种传统所要求的朴素的庄严很一致。四音步的诗句，正如"哦，它只是一个纸月亮"，因为它本身的特点而需要跳读一点，但在这里被放慢到了送葬曲的速度。诗中行与行之间、半行与半行之间的修辞的平衡，频繁出现的语法停顿，以及整齐的重读的位置处理都让一种故意安排的运动显得无可避免；这种故意安排的运动展示出豪斯曼想达到的完整而有力的声音强度，这不是一种讽刺的音乐。

那位大作家也许会再跳出来，这样争辩："毫无疑问，你找对了传统上的出处，但你忘了所有传统成例都有它们的戏仿版本，包括这一个。尽管豪斯曼对军人墓志铭体裁的仿冒表现的不是十足的搞笑，而是讽刺的微妙，但他确实用了有文化的滑稽胡闹的基本技法。"正像蒲柏在他的戏仿史诗《夺发记》里使用了荷马和弥尔顿的语调和素材，但那仅仅是为了泄掉他们的豪气。所以，豪斯曼让他庄严洪亮的诗与"雇佣的"这个词一起漏气，让这首诗到了最后一行完全瘪掉。这首诗因此表现出完全否定的姿态，它是一个含糊的浪漫讽喻。那正是我们期待这样一位诗人写出的东西，他劝告我们，"忍受一会儿，然后不公就会结束"，他把上帝称作"随便哪个造出世界的残忍的家伙和恶棍"，他这样打发他的生活，"哦，为什么我要醒来？何时我才能再度睡去？"

从现在开始我要主动进攻，我不会再让这位大作家有任何反驳的机会。我对他的回应是：尽管豪斯曼声称"天堂和大地为它们立足的根基而饱受折磨"，他却一贯地颂扬那些有男人气概的直面这个残酷世界的人；他尤其赞赏那些普通的战士，他们出生入死，但并不是为了什么大道理，而仅仅是为了"一天十三便士"的军饷。我们在《枪骑兵》《投弹兵》*这样的诗里可以看到这样的战士，豪斯曼总是对他们说，

> 死的还是活的，醉的还是醒的，
>
> 战士，我祝你好运。

---

* 参看《诗末编·女王差人招我从军（V）》。

我上文讨论的诗里的雇佣兵们与其他所有的军旅诗里的士兵一样，尽管他们的死亡是这个世界的罪恶的见证，但豪斯曼并不强调这一点，他强调的是他们在无边的黑暗中发光的勇气。这首诗不是军人墓志铭的戏仿版本；然而，这位大作家觉得豪斯曼这首诗并非没有讽喻，比如说，它并不像威廉·柯林斯十八世纪的颂歌那样（"勇士们沉沉睡去……"），这一点当然不错。事实上，这首诗的八行诗句负载了大量的讽喻，它们大部分都含蓄地处在一个微妙的回应和用典的体系里；但是这些讽喻都没有以贬低雇佣兵们为代价，相反它们捍卫这些人，拒绝轻蔑和毁谤。

如果我们的眼睛在这些诗行间穿行，寻找回应或典故，也许首先引起我们注意的是第八行：

拯救全数的造物，为了收入。

这句让人想到保罗写给罗马人的《使徒书》的第六章，这位使徒宣告，"罪的报酬是死亡"。这种回应带来的暗示是受雇的职业军人是有罪的、邪恶的人，被诅咒的、丧失了永生的可能的灵魂。这显然不是豪斯曼的看法，即使我们允许这里有讽喻的夸张；所以我们被迫去想象一种会持这种看法的人。这种人肯定是以正义自命的，理想主义的，而且确信自己的道德要比不为崇高理由去战斗的普通人更优越。大家无疑都听说过美国正规军里那些以精神高尚自居的势利眼；我们很容易在生活的其他领域里找到类似的人物：想想那些自认为思想更高尚的人们是怎样声讨职业政客的，可那些脑门儿发亮的业余政客竟然因为他们的彻底无能而受到重视。精神上的势利眼在任何场合中都是不让人喜欢的，在豪斯曼的诗里他们尤其显得恶劣。说到底，他们和他们的文明需要职业军人或雇佣兵来挽救，这些军人正是为他们而战，所以他们的嘲笑既是忘恩负义又是虚伪的表现。

那么，豪斯曼诗中对保罗的回应引导我们去想象一个轻视普通士兵的阶层，同时也促使我们反对这种不公平的待遇。现在让我转向诗中其他的回应，那些散落在整首诗中的弥尔顿的回声，它们都来自《失乐园》第六卷里的几十行诗。这一部讲的是天堂里的战争，正邪两派的天使们参加了两次不分胜负的大战。然后，弥赛亚参与进来，并且靠一己之力把反叛者赶出了天宫。值得一提的是，第六部里所有的情节体现的指导思想是：力量来自正义，而且正义必胜。这里的一节诗写的是第二场大战快结束的时候，两派天使互相投掷山峰：

……可怕的混乱跳跃，升腾

此起彼伏：现在的天堂

本应尽毁为一片废墟，

幸好万能之父安然地

端坐在天堂的圣殿里

思虑着全数的造物，预见到

这场浩劫……

　　"全数的造物"在这里指整个宇宙，包括天堂和地狱，上帝将要派他的儿子去讨伐背叛的天使，并拯救被创造出来的或被上帝思考过的全数的造物。否则天堂就会陷落，大地的根基也会逃走。当弥赛亚把撒旦和他的军队赶下天堂，他们开始了九天的向地狱的坠落，这时我们读到被豪斯曼回应的弥尔顿的另一段诗：

地狱听见无法忍受的嘈杂，地狱看到

天堂从天堂中坠毁，惊恐的它想要逃走

可是严酷的命运，她把根基扎得太深

束得太紧……

　　很明显，豪斯曼在向他的读者提示弥尔顿《失乐园》，尤其是第六卷的这两段诗句，我们可以从中找到"全数的造物"、"逃走"、"根基"，还有可能毁掉的天堂。现在，一个棘手的问题是我们应该在多大程度上依靠弥尔顿去读豪斯曼这首诗，我们应该在弥尔顿天堂里的战争和让豪斯曼的雇佣兵丧生的战争之间做出具体到什么程度的比较？雇佣兵们付出生命来保存全数的造物，而圣子赢得了天堂里的战争然后为了拯救人类而死在大地上，我们是否应该把他们相提并论呢？豪斯曼很可能会暗示这样一个比较。在他的《木匠的儿子》（*the Carpenter'Son*）一诗中，基督是一个西罗普郡少年，他死在绞刑架上，因为他不愿意"对罪恶坐视不管"。在《1887》这首诗中，豪斯曼这样写那些为了帮助上帝保佑女王而战死沙场的士兵们：

> 拯救者们，今夜不会回到家中，
> 不会回到，让他们心系正义的天空
> 不会回到，生养他们勇敢生命的田地：
> 这些人，拯救不了自己。

布鲁克斯在他的文章里指出，最后这几行"回应福音书里的一段，被钉在十字架上的基督受到嘲笑，'他拯救别人，但拯救不了自己'"。这样一来，豪斯曼也许是要用《一支雇佣军的墓志铭》给这些士兵最高的赞誉；他也许想说，这些士兵们的牺牲在勇气和重要程度上都跟基督一样。至于其他的方面，我认为豪斯曼对弥尔顿的多处引用具有明显的贬抑的企图，它们的作用还是嘲弄那些自认为比豪斯曼赞美的士兵们更高等的人。被豪斯曼嘲弄的人觉得自己站在天使一边，而他们的敌人是魔鬼，上帝是他们的私产而且会保卫他们的正义，天堂和大地要依靠他们的统治和他们的道德观念的发扬光大，但实际上这些人仰仗的不是上帝而是他们看不起的雇佣兵的勇气。

诗里没有提到这群自鸣得意的人，但处处都在指责他们。在第五行里，他们在关于赫拉克勒斯的第十一件大功的典故里受到了隐蔽的攻击。在那个故事里，赫拉克勒斯要去摘守园仙女们的金苹果，他请阿特拉斯来帮忙。阿特拉斯同意去取金苹果，但要赫拉克勒斯暂时帮他扛住天空。阿特拉斯回来的时候看到赫拉克勒斯很尽职地扛着天空，于是他想让赫拉克勒斯继续替他站在那里。如果赫拉克勒斯没有想出妙计让阿特拉斯重新接过重担，他也许会成为一次最过分的推卸责任事件的受害者。通过使用这个典故，豪斯曼想说的是：这首诗里的战斗是在西罗普郡的牧场上赢得的，而不是在伊顿公学的操场上，在这首诗所指的范围内，那些伊顿毕业生们和现有秩序的栋梁们把他们的负担转嫁到了地位卑微的军人们身上。一旦我们明确了豪斯曼的用典来源，我们就可以再一次看出他对所谓的雇佣兵尊敬到了什么程度：他把他们跟伟大的赫拉克勒斯相比。一旦我们看出第五行与推卸责任和转嫁负担有关，我们就会明白这句的重心在哪里。它应该落在第一个词上：

他们的肩膀，托起了天幕；

拯救了我们的生活的不是那些想当然的肩负正义的人，而是那些雇佣兵们。

我觉得我们已经找出了足够多的典故。也许还有其他典故，但即使如此，已经找出的典故已经足够我们理解这首诗。我们也没必要去考虑"拯救"（save）和"全数"（sum）这样的词语可能带有的跟钱财有关的弦外之音。当然，"拯救全数"（节省全数）这个短语和"报酬""收人"一起用的时候会发出轻微的钱币的响声，而我们也可以替这个词语的游戏想出一个合理的解释，但读者和批评家们必须当心不要聪明反被聪明误。最死脑筋的事情莫过于把所有的诗人都看成玄学派，并坚持去发现一些不太可能的谐音。

我试图说明的问题是，一个读者可以怎样使用技巧去获得对一首八行诗的可靠的理解，显然我做得有些过于刨根问底了。也许我在这里或那里有错解之处：比如，恐怕我让这首诗看上去更"英国"了而实际上它是一首更属于全世界的诗。但无论如何我希望我已经考虑到了需要被考虑的事情：这首诗的传统；对此传统的运用；这首诗的音响、速度和语调；这首诗的态度和技巧与作者其他诗作的一致性；还有它的用典和回应中含蓄的论辩。让我把这首诗再读最后一遍：

这些人，在天塌的日子，

　　在大地的根基逃走之时，
从事他们受雇佣的职业，

　　拿走了报酬，现已毁灭。

他们的肩膀，托起了天幕；

　　他们站立，大地的根基留住；
上帝放弃的，他们去守护，

　　拯救全数的造物，为了收入。

　　卡尔·夏皮罗（Karl Shapiro）近期在《诗歌》杂志上发表了一篇充满意气的文章，我对这篇文章怀有同情但又完全不能赞同。我的目标不是全面地回应他，因为正如他所说，长篇大论中枝蔓丛生，很难树立清晰的靶子。你可以在一定的限度内和一个疯狂的人争论，因为疯狂的人是简单的；但如果一个敏感而明白道理的人故意要去发疯，你是无法和他争论的。无论如何，请让我引用一段卡尔·夏皮罗跟我前面讲的内容有关的文字。他反对美国的这种状况：

　　唯一被认作是诗的东西是那些重复过去的诗，也就是说有来历的诗。与它相关的是书本、其他的诗和百科全书里的各种名字。这种诗只属于塞满了历史的头脑，所以它对没有受过训练去读它的人来说毫无意义。小圈子杂志、先锋派、文人学者把美学经验建立在教育的基础上。然而诗需要的不是教育或文化，而是健康的人类的生命体开放的感知。

夏皮罗先生和我都会同意一点：对那些缺乏足够训练去读它的人们来说，一首提到罗慕路斯、雷莫斯和狼的诗至少有一部分是没有意义的。然而，我不能赞同夏皮罗先生的决心，即把这匹狼驱逐出诗歌，抛弃文学和历史上的过去，把我们局限在现代的都市并且宣布不可进入古代的废墟。为了让诗歌大体上更好用而付出缩减诗人的意识的代价是得不偿失的。

附带说明一点，我真希望那类出自诗歌行家之手的流行诗作仍存在于本世纪。在二十世纪，最好的诗人会毫不犹豫地去写一些偶成的、简单的歌谣，以及赞美诗、故事诗，它们立即就被一个很大规模的公众拥有和珍视。《怀念》的作者丁尼生也写过《复仇》这样的歌谣。尽管当时成立过一些协会专门来研究罗伯特·勃朗宁的复杂诗作，但他的《哈默林的花衣吹笛人》一点也不复杂。我同时想到的还有詹姆斯·罗素·洛威尔的《只有这时，对每个人和民族》和朗费罗的《保罗·里维尔》。这些都是好诗，而且无一不是明白易懂。也许真的还是因为它们明白易懂才造成批评家们的沉默，读这些诗不需要博学者的思考，也许这种沉默让我们的诗人们忘记了还有又好又流行的诗这回事。

现在让我用豪斯曼这首诗作为一个夏皮罗先生所说的"高级艺术"的具体而微的样本，我要站在他的反面为其辩护。也许夏皮罗先生攻击的并非豪斯曼，但是他的种种责难都可以用来针对豪斯曼。按夏皮罗先生的论调，一首诗要么是有来历的，要么是具有人的活力的，但不会是两者兼得。显然你们会同意豪斯曼的诗就做到了这两点：它是对勇气的热情赞颂，让人觉得这是被一个直接的情境激发出来的；同时，它回顾了一个悠久如希腊的传统，并且通过丰富的文学和神话典故去抵制那些对诗中的英雄们的诽谤，但又丝毫没有压制这是首诗的迫切性。夏皮罗先生所谓的"有来历"就是"重复过去"，豪斯曼显然没有这样做。他做的是用包容了过去的头脑和心智去面对现在。他的诗并没有对一个希腊的传统屈膝，他利用它而且有所修正。他用的典故没有"重复"弥尔顿和保罗，在豪斯曼的诗里，弥尔顿的正义的天使与《失乐园》里的不同，他们被一个新鲜的联系所改造；豪斯曼含蓄地与弥尔顿和保罗争论，反对他们的正义必胜的观念里道德上的排外性。

在我看来，豪斯曼的这首诗堪称用典艺术的一次精彩展示。这首诗需要它的读者有文化，只要有这样的读者，它就会非同寻常地有感染力。我选择讨论这首诗正是因为它跟豪斯曼大多数的诗不同——它能够导致错误的诠释；然而，正如我指出的，一个读者可以获得对语调的准确感觉并顺着读下去，而不需要有意识地找出这首诗的任何文学背景。它几乎立刻就传达了它完整的意义。正如在我的阅读过程里，豪斯曼的用典可以被慢慢找出来，其原因之一是那些指向弥尔顿和保罗的词（比如"报酬"和"大地的根基"）在这首诗整体的语言里完全贴切，在我看来这是一个了不起的优点。在一首糟糕的诗里，经常有些词在诗行中突兀地出现，摇着它们的胳膊喊道，"跟着我，我有言外之意"。

指涉典故（或者罗伯特·弗罗斯特所谓的"移换"）而又不以任何方式篡改诗中的声音和言谈的作风，这需要大师的技艺。在这里，严格意义上的典故来自圣经、《失乐园》和希腊神话，它们都处于我们的传统的任何一个版本的核心，而且在一定程度上被每一个受过教育的读者所熟悉。这些来源如此常见，以至于我能肯定豪斯曼的用典一定影响了几乎每个人无意识中对这首诗的理解，即使是他们在第一次偶然地阅读的时候。我想说，我们很熟悉豪斯曼用的典故，这确保了他对传统的回应可以做到微妙而简洁。这首诗预设"报酬"和"死"这些词足以暗示出保罗，我觉得这个预设是合理的。

一旦我们意识到豪斯曼用的这些典故的存在，就会发现它们非常有效，绝非装饰。它们主要的功能是补充豪斯曼对雇佣兵们明确的赞颂和对鄙视他们的人的含蓄的批评，因此帮助我们确信这首诗对其主题的态度。无论如何，要获得这种确信，并不要求我们必须明白所有的暗示和回应；任何一个豪斯曼的典故，只要正确地诠释出来，都会允许读者自信地掌握这首诗。我喜欢这一点。一首诗不应该像一个"双填字"游戏，它不应该是那种如果不能解出全部就无法解决的难题。艺术不是也不应该是这样发挥作用的。如果我们没有听明白一段长笛，我们也不会白听一场交响乐；一首好诗应该不止一次地把自己提供给读者，让他很早就确定地得到了它，然后让他随着更多的了解而不断走向深入。

这种情况在阅读和重读豪斯曼的时候会反复地发生。在《在夏日悠闲的山丘上》（*On the Idle Hill of summer*）一诗中，一个懒散的青年听到一队行军的士兵令人激动但又让人去送命的音乐，于是他决定参军。最后的四行诗是这样的：

> 远播的，是军号的召唤，
> 高扬的，是横笛的回应，
> 深红的队伍欢快地追随，
> 女人生了我，我要动身。

"女人生了我，我要动身。"他要动身去参军，因为"女人生了我"——也就是说，他是男人所以无法抵抗军号的召唤。最后一行直白有力，漂亮地结束全诗。我们不需要更多解释。然而确实有更多的东西，也许在读第二遍、第五遍或第二十遍的时候，我们也许会在最后一行里听到英国国教葬礼上的祷文的回声，它开始就是"人，被女人生下来，仅有短暂的生命，而且充满悲苦……"

如果我们真正把握住这个回声，这句诗就会获得更多的力量和意义；但如果我们没有把握住它，我们仍然拥有这首诗的一个完整可信的版本。另外，再一次说到弥尔顿，我认为大多数《失乐园》里的回声是这样发挥作用的。从地狱烈焰的深沟里醒来的撒旦对倒伏在他身边的别西卜说道：

> 如果你就是他；这可是多大的堕落！
> 这是他多么大的改变，他曾经在光的欢乐
> 领地
> 身披超凡的光明，超过千万个
> 明亮的天使……

我不用查资料就可以发现此处对以赛亚的暗示。*但我缺乏弥尔顿合理地期待他的读者拥有的、现成的关于维吉尔的知识。因此我很感谢学者的注解，它把我引向《埃涅阿斯纪》

---

* "噢，路西华，黎明之子，你何以从天堂堕落？"见《以赛亚书》第14章12节。

的第二卷，其中讲述赫克托出现在埃涅阿斯的梦里，他形容破损，浑身灰尘，跟以前完全不同——跟那个身披阿基里斯的铠甲从战斗中归来的赫克托有"多么大的改变"。此处的维吉尔的回声加强了效果，它有助于形成撒旦的声音，把别西卜比作赫克托有力地强调了反叛的天使们的堕落，他们因此失去了光明、英雄的力量和品质。但如果没有注解来帮助我，如果我从来也没感到弥尔顿诗句背后的赫克托，我也不会在这种情况下受到阻碍或误导。我仍可以从这些诗句的表面得到一个关于语调和意义的肯定而正确的认识。

现在让我为你们读一首诗，它是用典艺术的一个更不易确定的例子。这首诗的作者是叶芝，它作于 1909 年或 1910 年作者和毛德·冈和解之后，诗题是"国王与非国王"：

> "但愿它不只是人说话的声音！"
> 后来才变成国王的非国王喊道，
> 因为他听到的与字词相配的东西
> 就是声音而已；然而，古老的传奇
> 有善良的用意，我不记得
> 它让他在哪里或如何得偿所愿，
> 尽管他拥有的只是大炮——可我们呢，
> 自以为碰巧走进了甜美无瑕的故事，
> 可把我们打败的，却是多年前

你一时气恼发下的誓言；

可我没有你的信仰，我怎么能确信

在那坟墓之上炫目的光芒里，

我们会找到一个美妙的东西，

能跟失去的那个相比？

时时的友善，平日里闲话说尽

我们互相的满意，都成了习惯

可是灵魂未曾契合，身体也没有相遇。

很多聪明的读者，包括我认识的一些职业诗人都觉得这首诗很棘手。要透彻理解这首诗，我们必须跟随叶芝题目里的提示去读《国王与非国王》这部最早上演于1611年的博蒙特与福莱切合写的五幕剧。这部剧作讲述的是伊比利亚的阿巴西斯王对他的妹妹潘西娅怀有乱伦的情感，后来这个明显毫无希望的困境得到圆满解决，因为人们最终发现潘西娅并不是他的亲妹妹。*在第五幕的真相大白之前，阿巴西斯发表了很多充满暴力的言论表达他受挫的欲望，叶芝引用了其中之一。当他提到"哥哥"和"妹妹"这些阻碍了他似乎是有罪的情感的词语，阿巴西斯叫道，"让它们成为人的声音之外的任何东西"——意思是说，但愿它们不是无形的词语，而

---

* 阿巴西斯王实际上是前国王的养子，他本不应该是国王，所以剧中称他为"非国王"（No King）。后来真相大白，他娶潘西娅公主为妻并成为货真价实的国王。

是像军队和城市一样的具体的东西，那样他就可以用大炮瞄准它们并将其摧毁。

叶芝在此处把阿巴西斯受挫的欲望和自己的相比，同时也把"哥哥""妹妹"这样的词和这首诗寄语的那位女士不可动摇的誓言或约定相比。如果我们去查理查德·埃尔曼（Richard Ellmann）写的叶芝传记，我们会知道在 1909 年，毛德·冈告诉叶芝，"他们的关系只能是一种精神婚姻"。而且她保证，"你不会受苦的，因为我会祈祷"。等我们知道这一点，叶芝这首诗的内涵就完全明白了：它是一个对身体之爱和精神之爱的请求；而且，我们重读它的时候，必须着重强调最后一行里的"身体"这个词。

当一个人读懂了一首费解的诗，他很自然地感到一点有些滑稽的骄傲；他会觉得自己是个了解内情的人，一个内行，而且他不会对一个证明了自己的聪明和努力的作品过多地挑剔。在 1954 年，我有几个星期都飘飘然，觉得自己是当世唯一理解叶芝这首诗的人。然而从那以后，了解这首诗内情的人越来越多，如今我也更少地觉得这首诗属于我自己，因此也更加客观了。《国王与非国王》一诗有很多值得推崇之处：节奏的运动具有绝妙的戏剧性；语言在普通习语的内外灵巧地滑动；在章法和辞藻方面，这首诗是有技巧的貌似莽撞的很好的范例，这就是叶芝在本世纪前十年所追求的所谓精心制作出的率性粗放。然而，开头几行脱口而出的自发性和诗人对主题固执的掩盖之间有多么大的不一致！一个优秀的诗人知道怎样在引用不为人熟知的典故时如何传达其确切内容，同时又不以牺牲简洁为代价。可叶芝呢，尽管他用了七行去写博蒙特和福莱切的戏剧中的内容，却故意压制了任何这样的暗示：他的诗和那部剧作都与受挫的性欲相关。造成的后果是读者在这首诗的门槛上摔倒，在走出后门之前也一直摇摇晃晃。

我猜想，叶芝使用这个僻典的原因不只是要把它和自己的困境做类比，同时也是为了掩盖他的主题。毕竟这个主题本来就很微妙，而且在这个为肉体之欢而做的论辩性的请求里存在着流于荒唐的危险，别忘了作者从十九世纪八十年代开始就认识这个女人。然而无论叶芝这样写的原因是什么——我没有权力去猜测——我们都会怀疑，一首诗通过使用来自很少人知道的文本的僻典来压制它的主题，它的公众价值何在？如果理解一首短诗要求阅读一部糟糕的五幕剧并查阅一部传记，那么我们一定会质疑它的完整性和艺术上的自足性。

英国批评家约翰·普莱斯（John Press）曾说："有一种流行的信念是，某一天诗人们突然都变成了莽撞的生手，或者诗人们故意用迷信的胡话来欺骗忠厚老实的读者们，所以保守派心目中的好诗就变成了完全简明易懂的诗。"我希望我所说的并没有助长或安慰持有这种非历史的信念的人们。我真正要说的意思，已经对夏皮罗先生的看法做了让步：因为我们文化的不连贯性，在诗中用典的艺术已经变得非常难，有些诗比另一些诗做得要成功。我希望，我们大体上能同意一点，即我们不能把一首诗看作诗人对公众的直接发言，这样是不讲道理的；但我们可以说，一首诗把自己诉诸瑞恰兹（I.A.Richards）所说的"语言的状况"，并且成就某些文化状况的先决条件。在文化群体中，关于如何认识、估价词语和事物的一个未经系统阐述的印象是每一首诗的基础；可以说，每一首诗都是根据某种思想和文化的基调写出来的。因此我们能够判断一首诗对于它合适的读者来说是否具备圆通的技巧。

豪斯曼的诗是圆通的典范，它用的典故和用典的方式都说明了这一点。叶芝的诗少一些圆通，因为它引用的是一部最合格的有文化的读者也可能不知道的剧作，但想要突破这首诗读者就必须知道它。至于说埃兹拉·庞德的《诗章》，它包含一些现代诗中最好的段落，但它们也最不圆通。也就是说，它们似乎来自作者对所有的读者群的失望，它们不像豪斯曼的诗那样暗示有一个可能的读者群。庞德自可以宣称《诗章》处理的是"智者交谈中的寻常主题"，尽管聪明的人们确实会谈到历史、经济学和艺术，但他们交谈的时候不会使用神话的碎片、未指明的引文、文艺复兴时期的书信段落、隐秘的回忆和突发的外行中文。庞德写作的表意方式来自意象主义，作为一种方法它最不擅长的就是把他古怪的博学转化为一种连贯的、对读者有助益的诗。这种方法的好处是有直接性，以及在事物中展现思想。但是要这种方法奏效，读者要知道为什么这样写才会是直接的。《诗章》缺乏任何推论性的肌理，而且它拒绝跟读者有任何商量的余地，所以即使是比庞德更有学问的人也不敢说能读懂它。

对于《诗章》，读者也许可以做三件事：第一，他可以放弃阅读；第二，他可以像威廉斯博士推荐的那样带着很多迷惑读下去，为了那些偶尔出现的完美的抒情片段，那些一贯干净、有音乐性的语言，还有达到大师境界的，在诗节里对大量节奏进行平衡的定数的音节效果；第三，读者也许会决定通过花很多年查阅为庞德提供了材料的书籍来理解这部诗集。如今，几乎在任何一所大学里都有人承担这样的任务：这种人的特点是学问做得古怪畸形，人也显得失魂落魄。

我提到的这三种过程都不会让人完全满意，而《诗章》也给夏皮罗先生关于诗歌跟历史和公众的关系出了问题的论点提供了证据。我赞同夏皮罗先生这个看法：对过去的误用会伤害诗歌。好古成性是一个例子：庞德全身心投入的卖弄学问，还有其他诗人乏味的、学监式的书呆子作风都把我们的注意力从当前的未经诠释的田野、街道和房间里引走。然而在那些地方，真正的想象力的战斗必须进行。

我一样赞同的是，如果历史被诠释为给诗人强加的狭窄限制或命令性的东西，那么历史感会让诗歌残废。诗人一定不能被文学的过去所矮化，他也不能真去相信某些人所说的，诗歌在社会中的作用明显在降低。他也不能校正他的关怀去适应别人心目中的如今时代的伟大思想潮流：时代精神终究不过是批评家们发明的幽灵。最后，诗歌要繁荣，就不能让自己成为运动和体制的附庸。我想到了马雅可夫斯基，他写道："我征服了我自己，我的脚跟踩在了我自己的歌的喉咙上。"他为了更好地为社会主义时代服务而"取缔了他的灵魂"。有些人说，马雅可夫斯基是革命造就的，也许真的是这样，但是，为历史服务也毁了他。通过所有这些方式，历史可以让诗人的艺术瘫痪、琐碎化和被奴役。即使如此，我仍然不会去接受夏皮罗先生的训令：诗人必须脱离历史而居住在"生物时间"里。

正如艾略特所说，以最适当的方式跟诗人相联系的过去，既是暂时的也是永恒的。首先，它是人类的可能性的宝库。它提供一个维度，我们在其中注视着人类设想出来的、还会被再度构想出来的形形色色的卓越和堕落的类型，同时也被它们反照。诗人需要让鲜活的过去成为他不带褊狭地关照现在的工具，成为他用更少的话说出更多内涵的工具；他一定希望拥有圆通的技巧和才能，让过去的历史对他的诗预设的读者有所助益。正如我的朋友约翰·西亚迪（John Ciardi）曾经说的，"庞培废墟迟早是每个人的故乡"。我想补充一点，对每个诗人来说，不管他作为批评家还是辩论家会怎么发言，庞培的废墟仍然是想象的城市里异常繁忙的地区。

论豪斯曼的浪漫主义 *

克林斯·布鲁克斯　著
王静怡、郑依梅　译

不久前，我称豪斯曼为浪漫主义诗人，一位晚期浪漫主义诗人。如果我曾强调豪斯曼善于反讽，那是因为我认为他的反讽很重要，且其存在并不妨碍豪斯曼作为一名浪漫主义者。然则，豪斯曼的浪漫主义更显著的特征或在于其如何展现自然。

不只是诗集《西罗普郡少年》，其他许多豪斯曼的诗也被赋予田园景致。英国乡村遍布在豪斯曼诗歌的字里行间。印在你们讲座大纲背面的那首迷人的抒情诗 * 就呈现出一个别具特色的景象。观赏盛开的樱桃花是一年中的一件乐事，而我

---

* 　克林斯·布鲁克斯是耶鲁大学修辞学教授、美国"新批评"派的代表人物。代表作为《精致的瓮》(*The Well Wrought Urn*)。在这篇摘录中，克林斯·布鲁克斯讨论了豪斯曼与英国浪漫主义文学的早期风格和传统的关系。

*《西罗普郡少年》第二首诗《最可爱的树呵，樱桃》("Loveliest of trees, the cherry now")，印刷于布鲁克斯先生1959年3月26日的讲座大纲上。参见 Cleanth Brooks. "Alfred Edward Housman." Christopher Ricks, ed. *A.E. Housman: A Collection of Critical Essays*, Englewood Cliffs, NJ: Prentice-Hall, 1968): pp. 78 - 83.

们在上天的眷顾下得以观赏这一景致的岁月何其寥寥。时间是快乐的敌人，樱桃树却是时间的产物。这般状写春日丽景蕴有一丝不祥：如果"满树披雪"（hung with snow）是在强调樱桃花令人难以置信的洁白，这个短语也暗示了将要来临的冬天和死亡。

但豪斯曼的自然观是对我们这一时代的瞩望，而非对华兹华斯时代的回顾。设若大自然是可爱的，予人以快乐，她不会像安慰和支撑华兹华斯那样给豪斯曼以安慰和支持。在华兹华斯和豪斯曼之间，横亘着达尔文、赫胥黎和廷德尔——整个维多利亚时代的科学成就。当然，科学的影响并不会令豪斯曼减少对自然的热爱：有人可能会争辩说，在豪斯曼看来，科学使自然美得更隽永深刻。但是他对自然的态度不同于早期浪漫主义，我们如果要理解他的诗，就必须了解这种态度的转变。

我们对自然愈加深入的了解并没有摧毁她的魅力。即使将其进行所谓科学的中立化也没有做到，至少对我们的许多诗人来说如此。但它改变了他们对自然的态度，这也更倾向于强调人类自身与自然的疏离感。（当然，即使是这种疏离感也不是严格意义上的"现代的"——例如，我在济慈《夜莺颂》中就感受到了这种疏离。）但疏离这一事实对现代自然诗人而言往往是有决定性意义的。

在《诗末编》第四十首诗中，豪斯曼展现了其对自然的典型态度，即：对自然的诀别。这首诗的内容是叙述者向他者讲述他如何离弃自己的情人"自然"。离弃是被迫的，他不愿放手。他对自然的占有是那般完整以至于他感受不到她不足以是他的一部分，他对她还没有厌倦。在有意放手的这一刻，大自然仿若一个从未如此魅惑迷人的女妖。

> 莫要在这儿告诉我，无须说，
> 那女妖演奏的是什么曲子，
> 在那柔柔的九月末尾
> 在那淡淡的山楂花丛，
> 她和我是老相识，
> 　　她的秉性我都了解。

他对她秉性的了解是多么透彻，这在第二和第三节中不动声色而令人信服地展现。

> 在清静水滨，在赤褐的土地，
> 　　松树任松子飘落那里；
> 杜鹃独自在茂密的林中，
> 　　整日不停地空自鸣啼；

游人陶醉于无边的秋色，

　　一颗颗心忘乎所以。

一望无际的结籽的秋草

　　那变化的光泽在风中起伏摇荡；

收割的禾捆排列整齐，

　　静静肃立沐浴着月光；

山毛榉在朝向冬日的狂风里

　　摇落，木叶纷纷扬扬。

　　这些美丽的诗节不只是创造出了一系列源于大自然的场景。通过对她的秉性的亲密了解，它们暗示了叙述者对自然的占有。每个片段都表明自然的隐秘生活展现在一个入迷而孤独的观察者面前：落下的松果的轻扣声，只因这静寂屏息的情境而能够听见；孤独的杜鹃的啼叫，似乎没有呼唤别的鸟儿，甚至也没有呼唤人类的聆听者，只是欢快地傻傻地"空自"鸣啼；秋日的阳光里，那朵令"旅人陶醉"的花，向落寞的旅行者静静地伸展自己的魅力和顾名思义的欢愉。

　　"一望无际的结籽的秋草"上"变化的光泽"，我认为是夏末时节，风吹动长长的草茎来捕捉光时，从草垛上看到的微光。见过的人会知道，"光泽"并非一种过度的描述，由于有时草如同金属一样闪烁。吹动草起伏的是阵阵夏末的风。

剥掉山毛榉树叶子的是晚秋的狂风。但第三个场景在这一节的描述中是无风的：

> 收割的禾捆排列整齐，
> 　静静肃立沐浴着月光；

　　我认为收割的禾捆在满月的照耀下"静静肃立"是这个表述的要点。因此，自然的隐秘生活历经所有天气，走过四季轮回，被描述而出。它的一切都被叙述者观察到，它的一切通过知识和记忆而成为他的私有物。但是变化的一年中的各种场景只是这位女妖编制出的魔咒。

　　第四节强调了他对所有物的声明。第一行回荡着"占有"一词的变化，而在这一节的最后一个词，则是以押韵的"mine"一词结束本节以达到强调效果。但这一节诗的动作却是对他所做声明的放弃。叙述者向他念诗的对象企求陪伴：

> 犹如拥有一整个季节，
> 　去拥有我离开的乡间，
> 那儿有长满榆树的平原，
> 　光亮的大路在山间盘旋，
> 那儿浓荫匝地，巨木参天，
> 　森林与我絮语，任我盘桓。

他对所有物的声明是基于一种分享的经历，一种秘密的知识，一种连接情侣二人并使他们互相感觉属于彼此的纽带。但在这个例子中，被爱者是自然；而自然从未承认任何爱人对其占有的声明。

　　　无情的大自然也毫无才思，

自然不仅是薄情的情人，她也是愚蠢的情人，没有大脑也没有心。

　　　无情的大自然也毫无才思，
　　　　她不会知晓也毫不在意
　　　有哪位陌生人发现那片草地，
　　　　擅自踏入并随意离开，
　　　也不会询问，是否我的脚步
　　　　正踏着那清晨的晶莹露滴。

虽然吸引人，但自然对人也极端冷漠。这是本诗渐次依据的基本事实，但如果这一事实构造出一种原初的反讽，那么，人们也会承认诗中并无深仇积怨或激烈痛苦存在。自然的魅力正在于它如何能够自由自在地献身给我们这些竭力试图占有她的人。此外，在最后一节中，假使自然无情而又愚蠢，她却依然美丽清新一如早晨。注意豪斯曼结束的诗行描摹得多么具体。自然将她那如处女般纯真的清露盈盈的草原铺陈在侵入者的脚下与和那一厢情愿地以为独占她的旧情人的足前。

此处，这种对待自然的态度与华兹华斯的不同，他坚信——"自然决不背弃／那颗爱她的心。"但是这首诗或可用以解释华兹华斯式准则：

> 多么精微独特的心灵
> ……与外部的世界
> 这般契合：——亦是多么精微啊……
> 外部的世界如此契合这颗心灵

的确，是豪斯曼，而不是华兹华斯的心灵契合诗中所描述的景色；但是微妙的契合却是相同的，以至于豪斯曼所描述的自然似乎在每一点上都在应答那颗感知它的敏感而忧郁的心灵，反过来它又以其超然而又闭锁得如此美妙的秩序暗示出观察者心灵的孤独与质朴。

豪斯曼对新浪漫主义的使用[*]

克林斯·布鲁克斯　著
吕肖璇、钟牧辰　译

　　多愁善感源于语气失误。这种情感往往沦为自作多情、以自我为中心。我们觉得诗人自身为一己的情绪所骗，反应过度，并且期望我们和他一起逾矩越度地回应。因此，像豪斯曼这样一以贯之地书写失落的凄婉、死亡的迫近和将至的冷酷无情的黑暗的作家，就务必要善于把控语气。

　　豪斯曼的巨大成功（同样也是他灾难性的失败）皆应归因于语气。豪斯曼自己从未使用过这一术语并无关宏旨。然而，我们需要用它来处理豪斯曼的诗歌：因为对语气的控制意味着一些区别：它们是尖叫、假嗓同安静却富于共鸣的吐字发声之间的区别；是仅仅傲慢、害羞的忸怩作态同炉火纯青的反讽之间的区别；是无病呻吟的表达同可靠成熟的表达

---

* 此文节选自 Cleanth Brooks, "Alfred Edward Housman," Christopher Ricks, ed. *A.E. Housman: A Collection of Critical Essays*, Englewood Cliffs, NJ: Prentice-Hall, 1968。文章探讨了豪斯曼对语气的控制，以及在《西罗普郡少年》中的语气转变。

之间的区别。豪斯曼的典型不足在于每每陷入多愁善感之中（人们也许会发现这也是海明威标志性的缺点）。相反，豪斯曼的成功几乎总是有赖于对语气的绝佳处理——经常是语气上令人叹赏的转变——由此，整首诗歌能出其不意地以一种新的视角被领会。

《夜在迅速结冰》[*]一诗就显示出我所说的这种语气转变。《不朽的部分》[**]则提供了一个更加清晰的例子。在这首诗里，叙述者有悖常情地坚称，人不朽的部分不是精神，也不是灵魂，而是为尘俗的、近似于矿物质的身体组成部分：骨骼。在"思绪的飞尘"被湮没、肉体自身化归尘土以后，骨头仍将长久持存。

全诗的结构建立在骨头喋喋不休的抱怨之上。叙述者先是告诉我们，他能听到骨头在计算着它们仍将被奴役的日子，并预言着它们解放的时刻——到那时，肉体将不再限制骨头，它们得以自由自在、无拘无束。豪斯曼给予了骨头一种特定的忧郁语气。

"东去的旅人西来的客，

---

[*] 参见"Last poems · The night is freezing fast"。

[**] 参看《西罗普郡少年·每当我醒来遇上晨光（XLIII）》。

可知你为何安息不得？

只因每个人子降临人世，

都要劳其筋骨奔波不止。

"旅人"（wanderers）的使用会让人误将"travails"（劳其筋骨）*认作"travels"（旅行），但这个词实际上是"travails"。在接下来的两个诗节中，对劳其筋骨的暗示被充分展开：

"且躺在这尘土的褥席，

去孕育那必结的果实；

让永恒的种子见天日，

清晨与黑夜便无差异。

"从此卸下了忧愁苦难，

不再怕夏日里酷热炎炎，

也不怕严冬里冰冻雪舞，

如今你再不用生儿育女。

"空空的器皿，丢弃的衣服，

---

* travail 既有辛劳之意，又有阵痛之意，此处译为劳其筋骨。

辛劳了你，我们仍将继续。
　　——一天一夜又这么过去。"
　　我的骨骼在体内自言自语。

　　骨头的话语十分鲜活生动。但是这份鲜活生动能否一直维持下去？在九节之后，单调的风险无处不在。气候的威胁给骨头留下了什么可说的东西？如果什么都没有留下，该怎样给这首诗作结？
　　豪斯曼的做法是引入显而易见的语气转变。诗歌的叙述者做出了回应：

　　　　它们都将听命于我，
　　　　因我如今仍大权在握，
　　　　肉体和灵魂现都强壮，
　　　　将悲苦的奴仆们紧抓不放，

　　　　直至感觉的烈焰烧成灰烬，
　　　　思绪的浓烟也消散干净，
　　　　只留下坚硬的白骨几截，
　　　　相对厮守那终古长夜。

但是，诗歌结尾部分对骨头的反驳，事实上意味着对它们最终胜利的确证。的确，诗歌的叙述者"我"承认了骨头胜利的结果；再者，诗歌最后四行中叙述者反驳的言语简直变成了对骨头颂歌的回声。但是诗歌的语气已经改变了：在时间不可避免的攻击面前，有意识、有知觉的存在并未瓦解。人类精神得到了公允的评价。尽管这是最酷烈的攻击无可否认，可精神仍然挫败了它。

在豪斯曼的诗歌中，语气转变的使用是如此重要，以至于我还应当援引另一个例子：豪斯曼在《百里顿山》*——他最好的诗歌之一——中对语气转变的应用。

百里顿山上，一对恋人常常在周日早晨听到来自教堂的钟声响彻整个山谷。

> 只听夏日的百里顿
> 　　阵阵钟声多清越；
> 两郡四野都听闻
> 　　远近钟楼声相接，
> 　　听来阵阵添喜悦。

---

* 参看《西罗普郡少年·只听夏日的百里顿（XXI）》。

我和恋人在星期天

　　一早便来此闲躺，

眺望那乡野多斑斓，

　　听那云雀正高唱，

　　在我们身畔的蓝天上。

那对沉浸于幸福之中的恋人描绘着钟声：

从数里的山谷外

　　钟声把我恋人唤：

"善男信女都到教堂来；

　　快点儿来祈祷祝愿。"

　　可她只想与我做个伴。

在那百里香的草丛中

　　我转过身去应和道：

"待我们成亲时再敲吧，

　　只要教堂钟一敲，

　　我们定准时赶到。"

但是，他的心上人，在他们约定的时间之前就来到了教堂。

可等到圣诞节飞雪

在百里顿山头堆满絮,

我的恋人便早早起,

偷偷地不与人语,

独自往教堂那里去。

他们敲响了那口钟,

却不见新郎在一旁,

路上纷纷的送丧者,

她也跟着去教堂,

不肯等我同前往。

我认为你们能够在我读到最后一个诗节时"听出"诗歌语气的转变:

百里顿山头钟声响,

远近钟楼齐声应,

"善男信女都来教堂,"——

唉,恼人的钟,快停下来;

我听见了，马上前来。

令人恼怒的调子——面对钟声的吵闹而爆发的恼怒——
以有力而或许是间接的方式表达了叙述者的失落感。一切都
将走向死亡；他也将走向教堂的墓地；但既然他的心上人已
经离他而去，他何时到达又有什么关系呢。曾经快乐的钟声
变成了多余而扰人的吵闹。他让钟声闭嘴，就好像打断一个
孩子的胡言乱语：

唉，恼人的钟，快停下来；
我听见了，马上前来。

后记

1

初读并试译豪斯曼的诗,是在20世纪80年代初。当时一套引进教材《今日英语》(*English for Today*)的第六册,是文学作品选读,其诗歌部分选了英美各三位著名诗人的作品,其中我比较喜爱忧郁而又传统的豪斯曼。不久后读到周熙良先生译的《西罗普郡少年》,感觉周译本语言文白俗相杂,似与豪氏诗风有较大距离。恰有友人约译《今日英语》的选诗,便欣然从事。拙译后因故未出版,但豪斯曼的诗,尤其是《西罗普郡少年》,却从此在我脑中挥之不去。译豪斯曼遂成为心底夙愿,始终耿耿于怀。

此后十数年,杂务缠身,译事不断,译豪斯曼诗无暇顾及。但每于公暇业余,常取豪诗名篇诵读,颇为其诗美折服。尤其那些简洁精致的小诗,语言朴实、形式完美,英国式伤感与拉丁式典雅水乳交融,最是令人陶醉。为此,尽管患眼疾多年,视力每况愈下,我仍勉力陆续译出《西罗普郡少年》

和《诗末编》。但终因视力日衰，后面的《集外诗》和《诗补编》实难以为继，不得已放下译笔。本以为夙愿难偿，豪诗全译只得半途而废了，所幸我所带的研究生杨晓波，中英文功底出众，文学尤其诗歌鉴赏眼光不俗。晓波获知此事后跃跃欲试，我便将剩余译事悉数委托于他。全书译毕，我们曾相互校读多遍，反复酌改，力求完美。晓波还遍查资料添写了注释，为读者理解欣赏豪斯曼的诗歌提供了方便。可以说，没有晓波大量细致的工作，这本诗集是不可能译成的。而能和学生合作出书，我也感到十分高兴。

刘新民

2010年7月26日

2

八年前蒙刘新民老师信赖，与其合译了《豪斯曼诗全集》。能与老师合作出书，对于我是莫大的荣幸，加之这又是我正式出版的第一部书，因此于我来说意义非凡。

此书出版四年后（2014年），"意外"获得了首届"徐志摩翻译奖"，这是一个民间奖项，不用我们填表申报，评审方在茫茫书海中发现了我们，并肯定了我们的工作，这是缘分，也因此让我们倍感珍惜与荣幸。

近年来，每与刘老师见面总不由自主谈起此书，希望有机会修订再版。今年三月，突然接到复旦大学王柏华老师电话，她辗转联系到我们，希望出版此书的双语精选本。我们自然喜出望外，但困难与挑战也摆在面前：出版社希望尽快出版，因此交稿急，而我手头恰有大量工作，刘老师又目力不济。我们的目标是出精品，因此想多点时间修订，王柏华老师与出版社赞同我们的想法。但不论如何，我们决定尽力而为，于是我们师生二人再度携手，共续八年前的译事。

我挤出了途中、课间、睡前等一切零碎的时间，又从手头的各项工作中东挪西凑出较大块的时间；而刘老师则克服了更大的困难，他凭仅剩的微弱视力逐字逐句校对了译稿。刘老师初选了拟出版的篇目，我在这基础上进行了增删。接着刘老师负责修订当初由他翻译的《西罗普郡少年》与《诗末编》，我则修订当初由我翻译的《集外诗》与《诗补编》。最后所有修订稿由我汇总，我按中英对照排版后进行了通读，又修订了不少地方。修订中与交稿后王柏华老师一直与我们保持联络，提供了不少参考资料与宝贵意见，并编写与组织翻译了附录。我所在单位浙江理工大学外国语学院的领导和同事，也替我挡了一些杂事，使我挪出了更多时间。

此次修订让我们切身体会到了"译无止境"，先前自我感觉颇佳的一些译文，如今看来满目皆眼中钉。因此，所选篇目大多经过了或多或少的改动，有时为了调整一个韵脚，整段话几近重译。修订后的译文，我们自认为在信、达、雅方面皆胜旧译。不过实际如何，尚待读者评鉴。

附记：

　　《豪斯曼诗全集》出版时，我写了序，刘新民老师写了后记，有幸共襄译事，善始善终。八年后修订的精选版推出时，刘老师因眼疾日重，改毕译文后已无力撰写后记，因此嘱我完成。我虽义不容辞，不免有些遗憾。为稍稍弥补这一遗憾，我将刘老师当年的后记按其吩咐略加精减，又续上我撰写的关于此次修订的说明，合二为一，共同为此项译事画上句号。八年前一同读诗、论诗、译诗之情景，皆历历在目也！

杨晓波

2018 年 5 月 13、14 日

图书在版编目（CIP）数据

每当少年因相思嗟叹：A.E.豪斯曼抒情诗选 / （英）A.E.豪斯曼著；刘新民，杨晓波译. — 上海：上海三联书店，2020.7

ISBN 978-7-5426-6451-8

Ⅰ.①每… Ⅱ.①A… ②刘… ③杨… Ⅲ.①抒情诗—诗集—英国—现代 Ⅳ.①I561.25

中国版本图书馆CIP数据核字（2018）第189373号

每当少年因相思嗟叹：A.E.豪斯曼抒情诗选

著　　者 / （英）A.E.豪斯曼
译　　者 / 刘新民　杨晓波

责任编辑 / 朱静蔚
特约编辑 / 李志卿　王卓娅
装帧设计 / 微言视觉｜阿　龙　苗庆东
监　　制 / 姚　军
责任校对 / 王文洁

出版发行 / 上海三联书店
　　　　　（200030）上海市徐汇区漕溪北路331号中金国际广场A座6楼
邮购电话 / 021-22895540
印　　刷 / 山东临沂新华印刷物流集团有限责任公司

版　　次 / 2020年7月第1版
印　　次 / 2020年7月第1次印刷
开　　本 / 787×1092　1/32
字　　数 / 160千字
印　　张 / 8.75
书　　号 / ISBN 978-7-5426-6451-8 / Ⅰ·1440
定　　价 / 49.90元

敬启读者，如发现本书有印装质量问题，请与印刷厂联系0539-2925680。